开普勒62号

[芬兰] 提莫·帕维拉 著 [芬兰] 帕西·皮特卡能 绘 王皓雪 译

5

病毒

·桂林·

BINGDU
病毒

出版统筹：汤文辉　　责任编辑：王芝楠
品牌总监：耿　磊　　美术编辑：刘冬敏
选题策划：耿　磊　王芝楠　　营销编辑：董　薇
责任技编：王增元　郭　鹏　　版权联络：郭晓晨　张立飞

Layout Design: Pasi Pitkänen
First published in Finnish with the original title *Kepler62 – Kirja 5*: Virus by Werner Söderström Ltd in 2017.

著作权合同登记号桂图登字：20-2019-151 号

图书在版编目（CIP）数据

病毒 /（芬）提莫·帕维拉著；（芬）帕西·皮特卡能绘；王皓雪译. —桂林：广西师范大学出版社，2021.3
（开普勒 62 号；5）
ISBN 978-7-5598-3554-3

Ⅰ. ①病… Ⅱ. ①提… ②帕… ③王… Ⅲ. ①儿童小说—幻想小说—芬兰—现代 Ⅳ. ①I531.84

中国版本图书馆 CIP 数据核字（2021）第 006832 号

广西师范大学出版社出版发行
（广西桂林市五里店路 9 号　邮政编码：541004
网址：http://www.bbtpress.com）
出版人：黄轩庄
全国新华书店经销
保定市中画美凯印刷有限公司印刷
（河北省保定市西三环 1566 号　邮政编码：071000）
开本：880 mm × 1 240 mm　1/32
印张：6　　字数：110 千字
2021 年 3 月第 1 版　　2021 年 3 月第 1 次印刷
定价：52.00 元

开普勒62号

病毒

开普勒

62号

病毒

目录

第一章

男孩子从树上摘下一个苹果。也许那并不是苹果，只是能让人联想到苹果的水果罢了。他咬下一大口咀嚼，水果饱满多汁，果汁甚至从他嘴角溢出来流到了衣服前襟上。这时候，一个上了年纪的守卫从树丛后喘着粗气跑过来。男孩子手上拿着苹果，在树下静静地站着，等守卫终于跑到他面前后交出了苹果。他们四目相对，男孩子目光炯炯，而守卫的目光则显得循规蹈矩且充满和善。

“树上的果子不能吃，难道你不知道吗？”守卫问道。

“别担心啦，没事。”男孩子回答道。

守卫听到这话，微笑着也咬了一大口苹果。然后……他就死了。

阿里猛地睁开眼。太阳明晃晃地照在天上，无边无际的大草原就好像是只巨大无比的动物背上厚厚的皮毛。其他人好像已经在营地开始一天的日常活动了。阿里的头脑还没有从睡梦中彻底清醒过来，仍在努力记录着梦里残存的一些小细节。

远远望去，敏俊正在给斯温特莱纳展示他们种出来的第一棵胡萝卜。开普勒 62e 星球上的光照比地球上充沛得多，无论什么都长得飞快。

在对面更远一点的山坡上，几个太阳能板的中间，有个很亮的东西正在一闪一闪，大概是穿着防护服的奥利维亚在维护太阳能板吧。阿里心中一紧，皱了皱眉。他还是想不明白应该怎么看待奥利维亚。确实，是奥利维亚救了乔尼的命，但也正是奥利维亚造成了乔尼的病一直都没好，至少玛丽一直这么坚持认为。

提到玛丽，日历上显示现在她没有任何的活动安排。玛丽最近变得有点怪怪的，她总是自己一个人。有时候大家本来在一起的，但一不注意她就一个人走开了，回来的时候又总带着点做错事了的表情。阿里最近一直注意和她保持距离。现在很多事他都想不明白，也不知道应该相信谁。

好在乔尼已经恢复到了和之前差不多的状态。奥利维亚每天都来检查他的情况，抽血做记录。乔尼还是那么面无血色，瘦骨嶙峋，但其实他一直都是这样，就好像一只尾巴缺了一截儿的瓷猫。阿里恰好看到乔尼和丽萨一起从宿舍区走出来，乔尼正兴高采烈地向丽萨解释着什么，手舞足蹈的。看到这样的情形，阿里也不自觉地微笑了一下。乔尼在知道低语者们都死了之后心里非常难过，他显然是把这一切都归罪在了自己头上。阿里觉得他这么想完全没有道理，乔尼也不是自己想患上这种怪病的，更完全不可能知道自己携带的病毒竟能要了低语者的命。还好丽萨的陪伴让乔尼精神振作了许多。从加拿大来的丽萨天生性情平和，她是这里除了乔尼之外年纪最小的，但她给人的感觉却要成熟许多。虽然还不太确定，但阿里感觉乔尼有点喜欢丽萨。想到这儿，他又笑了一下。

阿里把手伸到头下枕着的草丛里摸索着，很快，他就摸到了一个凉凉的金属表面。他再一次从草丛里取出这用未知金属制成的轻巧的平板电脑，仔细研究着它背面刻印着的标志。几周以前，阿里从几只超大的没毛熊那里偷来了这个平板电脑，自那时以来，他已经把这标志重复检查了无数次。标志只有三个简单的字母——KTA。阿里明白，要在开普勒 62e 星球上发展出和地球上一模一样的字母文字体系是几乎不可能的事。可那些嘶嘶叫的生物是怎么拿到这个明显是在地球上制造的设备的呢？这是不是说明，阿里他们其实根本不是第一批从地球到达开普勒 62e 星球的人？这也说明其实有人早就知道他们最近遇到的嘶嘶兽和低语者这两种生物了。当然，他们在开普勒 62e 星球上发现了一些别的生物：有的体形巨大，像鸟一样会飞；也有的体形很小，看上去像蜥蜴却长了六条腿。他们还发现了一种像毛线球一样的“呜呜兽”，之所以称其为“呜呜兽”，是因为它们被吓到的时候会发出和小狗的橡胶玩具一样的声音。除了这些，应该还有别的生物。但是在这些已发现的生物当中，到现在为止，人类只发现嘶嘶兽和低语者这两种生物拥有智慧。

阿里觉得平板电脑好像是能解开巨大谜题的钥匙。他摆弄着平板电脑，抚摸着它的表面。屏幕还是黑的。阿里一直没能打开这个电脑，虽然已经过去好几周了。经过这几个星期的研究，阿里认为这个设备应该具有某种识别系统，类似指纹识别一样，只可惜这种系统对他的触摸并没有反应。平板电脑的一个侧面有一排粗糙的金属凸起，除此之外，平板电脑上就再没有别的按键或者开关了。说不定奥利维亚能够知道多一点？但不知出于什么原因，阿里还不想告诉奥利维亚有关这个平板电脑的事。那些嘶嘶兽当然是能开启这个平板电脑的，不过自从它们烧掉了低语者的村落之后，阿里就再没见到过它们。

智能腕表“嘀嘀”叫了两声，提醒阿里要找个阴凉的地方。这腕表每天密切地监控着所有人的健康状况，测量他们的心率、血压、体温，说不定还有许多别的指标。此外，这腕表也会对周围的环境进行监测，如有异常就会发出警报，比如现在它就提示温度太高，紫外线太强了，需要加强防护。

阿里从草丛里揪下一根草茎。虽然它看起来像草，闻起来也像草，即便如此也不可能和地球上的草是完全相同的物种。这里的生物和地球上的差不多，它们也呼吸、鸣叫，也需要吃饭和休息。然而这一切又和在地球上不尽相同，以后也不能再像之前在地球上那样生活了。阿里还很难接受这一事实。

阿里坐起来，把平板电脑藏回他特意找好的石头洞里。刚刚的梦还在他的脑海中没有褪去。他又想起了那个苹果，那个在很久很久以前，在另一个世界的商店水果架子上，他曾经拿起过的苹果，感觉那就好像是别人的过去一样。

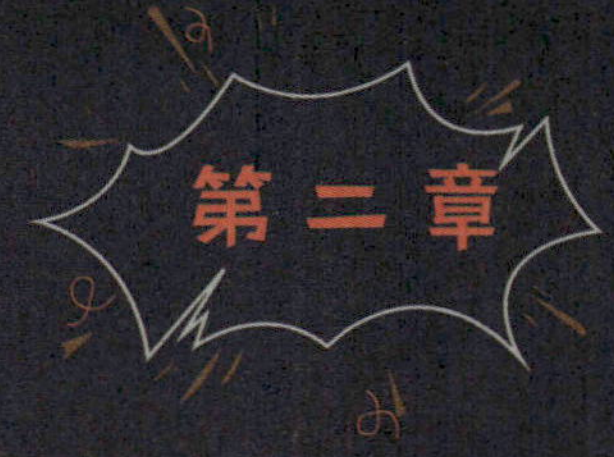

第61天

他最近一直不安宁。他睡得越来越轻。他就要醒过来了……但这实在太早了，我并不能加快它的进程。病毒更新，炸弹蓄能，都还需要时间。但我们现在什么都不能做，只能等，紧张慌乱的话就只会帮倒忙。但是，他从来都是无情的，哪怕在睡梦中都是，永远都是。现在，我们唯一能做的，就只是等……

天气已经开始变化了。别人可能还没注意到，但我却发现了。我们是在旱季到达这里的，但是我怀疑，很快一切都会向着反方向行进。气压降低，风向也变了。植被开始凋零，不过迹象还非常细微，不仔细看的话还是很难发现的。开普勒 62e 星球上的一年是 122 天。从我们到达这里，时间已经过去了开普勒 62e 星球的半年。这半年里，除了紫外线水平偶尔超过合适阈值外，其他的一切都很适宜。过去的半年我都不曾担心过，但是未来半年让我很焦虑。开普勒 62e 星球上的冬天会是什么样子的？或者说，应该怎么称呼即将到来的这半年？

我真希望，现在他能站出来做指挥官。我想象不出其他人知道他的时候会是怎样的反应。我们现在最不需要的就是任何形式的不确定性，因为等着我们去做的事太多太多。我很担心那些嘶嘶叫的家伙，在第一阶段，它们本应该帮助我的，它们却一并消失了。难不成它们觉得消灭了几个低语者就已经取得了全部胜利？唉，这些头脑简单的家伙。

第三章

“感觉怎么样？”

“还凑合吧。”

“你看见玛丽了没有？”

“最后一次还是早上看见的，当时她应该要去海滩，或者至少是向着海滩的方向去了。怎么，你一会儿不见她就已经开始想她啦？”

阿里听乔尼这么问，脸都红了，只好咳嗽着清了清嗓子以掩饰尴尬。

“当然没有，就是觉得她最近挺奇怪的。”

“你想没想过……”乔尼话只说了一半，一双大大的黑眼睛盯着正拖着工具箱走过来的丽萨，“你说我们以后会在这儿结婚生子吗？”

“你想和谁结婚生子？难道是嘶嘶兽？”阿里戳着乔尼的肋骨，开玩笑似的问道。

“闭嘴！它们……它们就是恶心的怪物！”

乔尼努力不去想嘶嘶兽烧掉低语者尸体时的情景，泪水溢满了眼眶。

“抱歉。”

“还有草族，就是低语者，是我害了它们。”

“可你当时病了啊。”

“可是它们是被我传染的。本来应该死掉的是我，不是它们。”

“你并没有做错什么。谁都没做错。大家都尽力了，只是当时的情况就是那样。”阿里努力安慰着弟弟。

“但是……如果你当时知道我的病毒会传染给它们，你还会把我放到它们那儿吗？”乔尼问道。他的眼中闪着热切的光芒。阿里觉得自己的心忽然变成了又小又硬的一块。

“只要能救你，什么我都会做。”

“哪怕那会要了别人的命？”

“对。它们其实只是……只是大蚂蚱嘛。”

“它们是活生生的有情感的生命啊。”

“但我还是会选择救你。我不想生活在没有你的世界里，无论在哪个星球上。而且奥利维亚也说了，这一切都只是个意外。在这儿的生物对你携带的病毒没有任何抵抗能力，这事就好像很久以前发生在印第安人身上的事一样。当时的探险家们也携带着病毒，那种病毒对当地土著的伤害比对探险家们更大。”阿里的语气好像在暗示他不愿继续这个话题了。

“好吧。那奥利维亚呢？她说的话你都信吗？”乔尼问道。

“当然不信。”

“我觉得她很危险。”

“那是你想多了。她是指挥官，有时候不得不做一些不太好的决定。”

“可我还是觉得她不好。”

“别多想。”

“等着瞧吧。”

“都说了别瞎想。”

阿里和乔尼静静地看着他们眼前的美丽景色：他们的营地建在绿油油的山谷里，四周鲜花遍野，远处淡蓝色的群山耸立。过了草地便是大片的丛林，而山谷的另一侧则是无边无际波光粼粼的大海。

“这是个全新的星球，可能我们一生也只能探索它的一小部分，说不定我们这辈子能透彻了解的地方并不比这片山谷大多少。”阿里换了个话题。

“我们几乎所有的科研设备、机器人，都跟着尼尼亚号一起毁掉了，真是可惜……”乔尼说。

“谁知道尼尼亚号里到底有没有那些科研设备呢。”阿里说。

“这话什么意思？”

“呃……”阿里低头看了一眼弟弟，他不知道自己应不应该告诉乔尼他知道的事，也许这些事弟弟知道后只会让他更担心。可乔尼实在聪明，尤其在涉及科技的方面，他很有可能把平板电脑打开。

“跟你说，现在有这么个事，我本应该早就告诉你的，但是……”

就在这时，乔尼猛地咳嗽了一下。阿里的思路就这样被打断了，他忧虑地盯着弟弟的脸，从中寻找疾病的踪迹。

“行了行了，没事。就是花粉飞进嗓子里去了。奥利维亚每天都抽我的血化验，我现在大概是全世界被研究得最彻底的人了。”乔尼笑着扑到阿里身上，想把他扑倒在地上。两人扭成一团，直到阿里放弃，自己躺倒在地上。两人在地上滚了一会儿，尘土飞扬。

“好啦好啦，你厉害，我投降。”阿里笑着说。

“你得试着改改，别总假装自己跟大人似的了。”乔尼喘着粗气说。

“乔尼，我……”

“嗯？你爱我，是不是？你是想说这个吗？”

“哎，我就是想说，你真是这个星球上最惹人讨厌的小东西了。”阿里也呼哧呼哧地喘着气说。

“我也爱你。”乔尼忽然格外严肃地说。

阿里的心狂跳了一下。在这里的生活真的有可能一直保持现在这样，百分之百都是幸福吗？一定有可能的，一定会实现的。

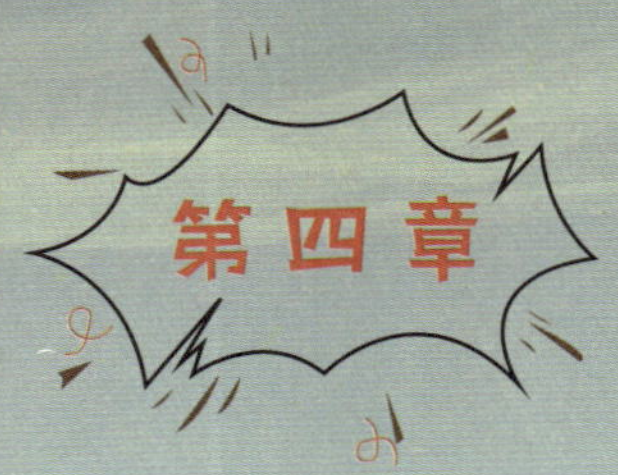

第四章

“风向变了。”阿里向在傍晚才溜达回营地的女孩翻了个白眼说。女孩走得漫不经心，好像只是散步回来一样，其实从早上之后大家就没见到过她。

“你都去哪儿了？我们本可以多个人帮帮忙。”阿里埋怨道。

“今天遇到了什么需要我对付的东西吗？我在这儿的工作只有打枪而已。”玛丽的回答尖利无情。

“今天一整天我们都在安装钢筋，把它们固定在宿舍和仓库外面。”阿里说。

“哦。”

“你就没什么别的要说的？”

“嗯……有什么可说的？”

“比如今天风向变了。”

“你们从哪儿找来的钢筋？”玛丽好奇地问。

“从那儿拆下来的。”阿里用大拇指指向远处停着的宇宙飞船，更确切地说，是飞船的残骸。

飞船上几乎所有能用的东西都已经在很久之前拆下来存进仓库里回收利用了。现在连钢筋都拆了过来，固定在了作为宿舍的半球形简易房和仓库的上面，就像是勤劳的蜘蛛织成的大网。

“听说冬天就要来了。谁也不知道这儿的冬天是什么样的，但是现在这样固定好，我们至少不至于在睡觉的时候被大风吹回太空去。”

玛丽点点头，好像早就知道这条消息了一样，虽然冬天要来了的事是早上才通知给大家的，而当时玛丽根本没在场。没有人考虑过美好的夏天并不会永远持续下去，而他们的新家园很快就要展现出不那么美好的一面。

玛丽从地上掐了一根草茎递给阿里。阿里接过草，不明白自己是收到了礼物呢，还是别的什么情况。

“仔细看看。”玛丽说。

阿里这才仔细看了草茎。总的来说，草还是绿颜色的。但仔细看就会发现它的茎部已经开始变成棕红色。阿里皱起了眉头，像是不能理解发生了什么的样子。

“秋天来了。”

“可是昨天还是夏天呢！”阿里想起自己不久前还躺在绿油油的草地里，吃惊不已。

“现在看来，在这儿一切都变化得很快，就好像看电影的时候快进一样。”

“你还没回答我的问题。”过了一会儿，阿里说。

“什么问题？”

“一整天你都去哪儿了？”

“就那边……”玛丽盯着阿里思考了一会儿，然后自顾自地摇了摇头，站了起来。

“冬天不是我们最需要担心的事。”说完，玛丽就向外围的营地走去了。自从到了开普勒 62e 星球以后，玛丽就一直住在外面。起初阿里也和她一起住在那边，可后来他为了和乔尼近一些，就搬回了主营地。

夜里，一种从没出现过的声音把阿里吵醒了。那种声音就像野兽的怒吼，非常可怕，乍听上去就像他们的营地被狼群包围了似的。他下意识地在周围一通乱抓，但是当然，他们并没有任何武器。一队人当中只有玛丽一个人可以使用枪支弹药，也只有玛丽的指纹可以解锁那些枪。

“是钢筋的声音，”阿里听见乔尼略微沙哑的声音在他边上悄悄说，“起风了。”

那是多可怕的大风啊。狂风就像发疯的狗熊一样，用爪子抓住了简易房，不停拍打着、拉扯着。阿里默默祈祷着他们早些时候把固定钢筋的楔子埋得足够深，能够抵挡这样的狂风。应该够结实吧，他想，白天时，是他亲自检查了每一个楔子。

但即便如此，他还是觉得他们在任何一个刹那都有可能被大风吹到天上去。好在建宿舍简易房用的太空材料都是防风的，而他们穿的防护服也足以维持他们的体温。只是周围的声音太过吓人。

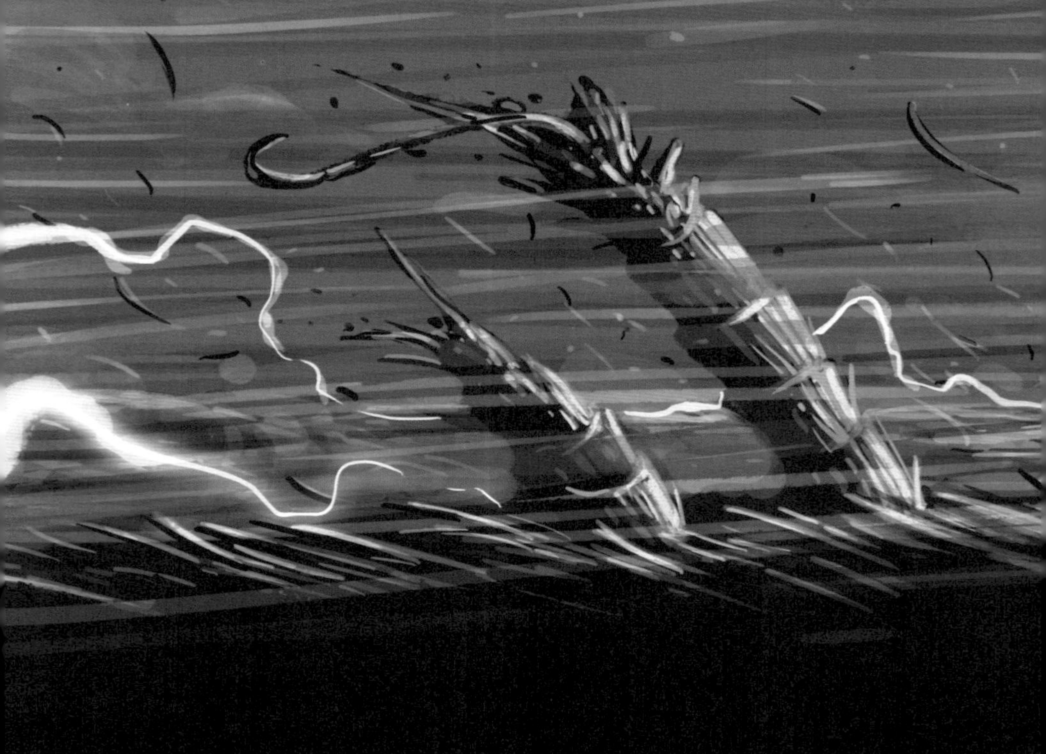

“再努力睡一会儿吧，就是刮风而已。”阿里把手放在弟弟的额头上。乔尼的额头又有些发热，不知自己是不是又担心得过分了，阿里想。他的另一只手紧紧攥成拳头。

他们很久都没睡着。

第五章

阿里最终还是睡着了。早上醒来的时候，他发现玛丽正睡在他和乔尼中间，吓了一跳。在这之前，玛丽一直都是睡在远处的隔离区的。看来是夜里的大风把玛丽逼到了这里。这样也好。阿里感到玛丽的体温传到自己这里，暖暖的，很舒服。他忽然觉得格外轻松，外面一定已经天亮了，他还是不想起来。过了一会儿他才注意到外面的风已经停了。又过了一会儿外面传来一阵兴奋的喊声，他才完全清醒过来：看来其他人都已经起床出门了，宿舍里只剩下他们三个。阿里长叹了一口气，从裹得像茧一样暖洋洋的毯子里钻了出来。

门外的景色让人惊得说不出话。阿里像是被定在了门口，不能相信自己眼前的一切。乔尼从他胳膊下面探出头来，也发出一声惊叹。仅仅过了一夜，外面整片绿色的草原已变得五颜六色了，好像夜里来了个发疯的画家，把娇艳的红色、奔放的橙色、明亮的黄色，还有颜料盘上所有其他的颜色随意泼了一地。草地上颜色之纷繁让人难以理解，再加上忽然变凉的天气，周围的一切细节都像被锋利的刀子刻进了视网膜里。

“太难以置信了！”乔尼小声说道。他呼出来的气息冒着白烟。

“而且这一切都是在一夜之间发生的。”

“昨晚天空也是五彩斑斓的，就好像有人给夜幕通上了电似的。简直是疯了！”玛丽睡眼惺忪地从门口探出头来。

三个从地球来的孩子就这样呆呆地望着外面的景色，陷入了沉默。仅是望着这样的景色就已经用去了他们所有的脑容量，让他们再没精力考虑别的事了。

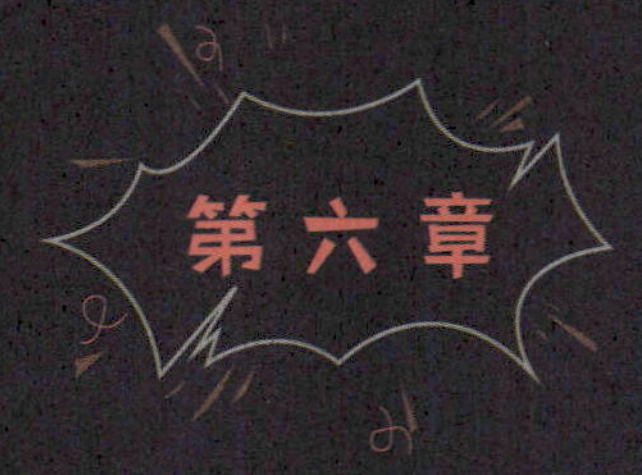

第 68 天

冬天是个威胁，已经破坏了我的计划。一切都得因此做出改变，得加快速度，得为可能发生的变化做好准备。我们需要多准备几颗炸弹，一颗已经不够了。还好我们预料到了这种情况可能发生。他一定会为我骄傲的。

可我还是不知道该怎么理解这一切。我从没学过要如何思考。我受到的教育一直都在告诉我要服从，盲目地服从。只有这样，权力的意志才能得以执行，组织才能存续。个人渺小得如同草芥。要是每个齿轮都自己决定向哪个方向转，机器就不能运作了。这都是他的原话，不是我说的。

我其实希望他现在能站出来，领导我们，可是他现在还像睡美人一样在等着王子的吻来唤醒他。他的睡眠舱是现在这个星球上最安全的地方，既防火也防极端天气，人为的力量更无法破坏它。即便是我们周围的一切都被摧毁了，这个睡眠舱也能保持完好无损。我们把来时用过的旧睡眠舱都堆到了另一个仓库里。它们就是我们的救生艇，以防周围环境变得完全无法生存。但是……要是环境变得完全无法生存，我们在睡眠舱里又有什么用呢？关于这个星球我们知道得还太少，随时都有可能有意外发生。他现在是很安全，也不受这些未知的问题困扰，可是我呢？

我当然明白，我们只是很大的计划当中的一小部分。因为我们的付出，其他人才能存活下来。可是……我人生中第一次产生了怀疑。在低语者村里发生的事太恐怖了，原始而暴力，就和人类能直立行走之后在地球上做的事一样。但我们真的希望历史一直重演吗？我们难道就不能吸取点教训？难道除了杀戮和破坏就再没有别的选择？现在看来恐怕真没有。

我很怕队里的其他人发现我的双重身份。现在这支队伍很不稳定。

第七章

阿里研究着手上的锁，它看上去很结实，就和它锁着的这座建筑一样，与周围建筑形成了鲜明对比。这座建筑表面光滑，闪耀着金属的光泽，反射着阳光，让人感觉坚不可摧，应该是用从飞船外壳上拆下来的金属材料建成的。与之相比，附近的大仓库就让人觉得像是个加强版的破帐篷。这座建筑虽然小，却明显与别的不同。阿里已经向奥利维亚打探了两次，想知道这座建筑到底是做什么用的。而奥利维亚却只是用像“联邦资产”这样不明不白的词搪塞过去。什么联邦？在这个星球上只有他们几个，应该说他们自己就是联邦才对。

阿里从地上捡起一块石头，丢向这座建筑的大门，想看看会怎样。没想到石头碰上门就滚落下来，连声响都没有，就好像大门的材料吸收了所有撞击的能量。这样的技术，恐怕即便陨石砸下来它也不会被砸坏的。到底是什么东西那么宝贵，需要用这样的技术来进行保护？阿里总是不自觉地想起第十三个休眠舱。虽然奥利维亚已经解释过了，说那就是个备用的逃生舱，阿里觉得她或许没有说假话，但是为什么这一切要搞得这么神神秘秘的呢？简直有些宗教意味了，这建筑就是圣地，说不定那休眠舱里的东西就是神。阿里差点被自己这不靠谱的想法逗乐了，随即他转过身走向其他队员。

就在阿里准备离开的时候，旁边仓库的门打开了一点，玛丽的头从门缝里探了出来，像猫头鹰一样左顾右盼。与阿里四目相对的时候，她顿时像被定住了一样。

“我……准备去训练了。”

玛丽整个人都走出来了。她肩上挂着瓦利为 4.0 自动步枪。那步枪虽然又小又轻，却火力十足，绝对是出行时的好伙伴。

“我跟你一起去。”阿里就这样临时变了主意。他也想和营地，和这一切保持一定距离。

“我不需要人护送。现在天气变化，大家都这么忙，你就没什么更重要的事要做吗？”玛丽抬手指着四周色彩缤纷的景色。

“我想安静一会儿。”

玛丽看了看阿里，点点头。于是两个人就一前一后地走在一起，他们谁也没有再说话，两人之间保持着一定距离。营地外围的斯温特莱纳正从植物园里收获他们种的胡萝卜，可胡萝卜小得像火柴一样。

阿里喜欢这个俄罗斯女孩。这种喜欢就好像斯温特莱纳是他的姐姐。和斯温特莱纳在一起总是让人觉得安全。每次阿里见到她，都会毫无抵抗力地想过去找她寻求安慰，可他当然一次也没这么做过。

“这些胡萝卜还没来得及长大呢。但即便如此，它们应该也能给我们每天吃的营养粉里添些新口味。”斯温特莱纳微笑着说。

阿里傻乎乎地咧嘴笑了。玛丽瞪了他一眼，阿里迅速收回了笑容，变回了日常的表情。他俩各自对俄罗斯女孩点了点头，就继续向前走了。快离开营地的时候，阿里还不放心地回头看了看。他看见乔尼和丽萨一起向实验室走去，感到安心了一些。或许昨天夜里摸到乔尼额头烫手的温度都是他自己的想象吧。最近他保护别人的本能有些过于敏感了，而外出散散步应该会有帮助，即便是和性格几乎与斯温特莱纳完全相反、总是心事重重有无数秘密的玛丽一起出去。或许也正因如此，阿里对这次散步还有些不一般的小期待。

阿里发现，草地中已经被踏出了一条小路。原来玛丽之前走过这里很多次了。

他们先是顺着山谷向海的方向前进，营地在身后消失不见之后，他们就沿着小溪转而向两个丘陵的中间地带走去。阿里知道他们是向森林的方向前进，现在还没走到树木茂密的地方，只是小树林而已。他们刚降落在这个星球上的时候来这里附近的瀑布看过两次。但是与常常从营地溜出来的玛丽不同，自从低语者的村落被烧毁之后，阿里就一直在营地没出来过了。

“这儿这么宽敞，应该足够你练习射击了吧？”他俩一言不发地走了大概两公里，再过几百米就要走进真正茂密的森林的时候，阿里终于忍不住问道。

玛丽没回答他。她像是很熟悉周边的环境，继续向前走。阿里自顾自地停了一会儿，见玛丽并不等他，只好继续跟上。

“你来这儿好像不是为了练习射击？”

玛丽瞥了他一眼，依旧没有回答。他们径直走进了森林里。第一次来这里的情景阿里还历历在目。他在这里见到了一辈子都难以忘记的翠绿、巨大的蝴蝶和蜥蜴鸟，可现在这一切都不见了，唯一没变的是远处隐隐传来的瀑布水声。但就在这时，一声巨响打破了他们周围的寂静。是枪声！

“趴下！”阿里大喊一声扑向了玛丽。他们把周围的低矮植被压倒了一片，一动不动地躺在一片灌木丛当中。阿里吓得直哆嗦，不由自主地喘着粗气，玛丽看上去却格外平静。从他们头顶又传来几声枪响。

“打仗了。”阿里悄悄说。

“没有。”玛丽悄悄回答他，同时把他从自己身上推开，“刚刚如果不小心我可能就打到你了。以后无论怎样，再也不要做这样的傻事了。”

“但是……”

见玛丽站了起来，阿里也小心翼翼地从乱树丛中抬起头。玛丽抬手指向一片枝叶繁茂的地方。又是“砰”的一声。这次阿里也看清了是什么发出了这样的声音：从高处有一片巨大的东西正飘飘摇摇地落下来。是船帆？还是风筝？

“叶子而已。秋天到了。叶子从树上脱落的时候就会发出这样的声音。”玛丽一边解释一边躲了一下。一片像枕巾一样大的叶子刚好落到他们中间。

“可这声音也太大了！”阿里感叹道。

玛丽耸耸肩。新星球上还有太多他们不知道的东西。或许以后还会有人针对这事做个研究，其主要内容就是“树叶脱落产生的声音，以及对开普勒 62e 星球产生的影响”。

“你就是这么发现秋天要到了的？”阿里尴尬地从树丛里爬出来。

“嗯，这样已经好几天了。”玛丽回答道。

“你本可以提醒我一下的嘛。”

“我还没来得及啊，你就把我扑倒了。”

“什么扑倒，分明是保护，我那是在保护你呢。”

“好吧。不管你怎么说，以后都不要再做这种傻事了。我自己能保护自己。”

玛丽把枪举了起来。

“行吧，都听你的。”

第八章

瀑布就和阿里记忆中的一样壮观。森林里也还有各种生物活动。几只硕大的蜻蜓一样的生物悬停在水面上方像是在等他们。这片区域就像一个平静祥和的避难所。

忽然几十条反射着七彩光泽浑身布满鳞片的小型生物同时跃出水面，就像迪士尼电影里的场景。可转眼间情况就急转直下：一眨眼的工夫，蜻蜓就全部出动去袭击跃出水面的飞鱼，在它们还没把鱼吞进嘴里的时候，一条像蛇一样的动物就从水下冲了上来，像立起来的一段水管一样在水面上摇摆着。这条大蛇的嘴里布满了丑陋的牙齿，别的什么都没有。它迅速咬住了一只飞在空中的大蜻蜓，又沉入了水底，那蜻蜓甚至还没来得及把嘴里的鱼吞下。水面上再次恢复了平静，瀑布的水声似乎有安神的作用，看上去还“昏睡”着的大蜻蜓们继续悬在水面上。

“天哪！”阿里说，“刚刚我还在想要不要跳进水里游个泳呢。”

“刚发生的其实什么都不算。给你个小提醒：别碰那边那些绳子。它们只是看上去像绳子罢了。”

玛丽指着两条悬在树上像攀缘植物的藤条一样的东西，它们看上去就像是体育课上爬高用的绳子。

“那它们是……”阿里还没问完，玛丽已经从地上捡起了一截小树枝，投向了一条“绳子”。只听“咔嚓”一声，眼前有什么闪了一下，接着，一股苦涩的烧焦了的气味传了过来。阿里看到树枝已经变成了灰烬，飘向地面。

“那是植物还是动物？”阿里悄声问道，似乎是在对这个不知名的东西表示敬意。

玛丽用枪管指向树冠上方，这些“绳索”汇集的地方。阿里看到了一双泛着蓝光的大眼睛，正一眨不眨地盯着他们。

“不管这是动物还是植物，它们大概喜欢吃烤熟了的东西。”阿里猜道。

“我估计也是，连微波炉都不需要。它们好像不会动，所以只要你离这些绳子远远的，应该就不会遭到它们的攻击。”玛丽说道。

保险起见，阿里又向后退了两步，咽了口唾沫。他们继续向着森林更深处前进了。低矮的植被越来越少，前进就显得容易了一些。时不时地阿里能听到“嗡嗡”或者“嗖嗖”的声音，但是总的来说一路无事。

“我们得给这里所有的东西起名字才行，所有的这一切。”走了一会儿阿里说道。

“给你起名字倒是容易：话痨！你就不能安静一会儿？”

“比如说你看那个，它长得确实像树，但它根本不可能是树嘛！至少和地球上的树肯定不一样。可我们为什么就叫它树呢？”阿里不顾玛丽揶揄的语气说道。

“反正我就管那叫树。”玛丽叹口气说。

“还有嘶嘶兽，有时候我们管它们叫兽人，或者没毛熊。可它们并不是兽人啊，兽人是古书里的生物。所以它们也得有自己真正的名字才行。”

“它们有，它们叫坏蛋。”玛丽说。

“嗯，也不是不行。反正都是我们说了算。它们的学名就可以叫超级大坏蛋。”阿里笑了。

“语言并不完全可信，所以才是格外危险的武器。”过了一会儿玛丽说。

“嗯？”

“比如‘爸爸’这个词本来应该是褒义的，应该代表着安全和幸福。但是如果实际情况恰恰相反呢？”

“或者可能根本没有爸爸。”阿里接着说，“但是你……”

玛丽抬手示意阿里。阿里没再出声。他们面前耸立着一面像墙一样的东西，有可能是一块巨大无比的石头，或者是整座山。墙的上部被植被覆盖。但不管这是块石头还是一座大山，他们面前的这里都有个开口，一个洞穴通向里面。

“你觉得……”

玛丽并没听阿里讲话，她已经举起手枪处于准备射击的警戒状态，同时一步步地向洞口走去。阿里紧紧跟在她后面，紧张地前后左右上下地看着，时不时被远处传来的巨大的落叶声吓一跳。

这其实是个洞穴。里面的空间比从洞口看要大上许多，远处似乎还有光照进来，所以洞内并不是一片黑暗。他们沿着小径慢慢走向深处，时不时停下来仔细听周围的动静。

大约前进了 20 米，他俩同时感到似乎听见了什么。脚下的地震动了一下，眼前却什么都看不到。或者说，好像是眼前的黑暗变得更加浓重，甚至有了自己的形状。可以感到有什么东西在靠近他们，脚下的地震动得越发厉害，似乎一直从脚底传到头顶，似乎有十双大脚从下面走过。

阿里觉得他以前来过这里似的，但事实是完全没有可能。除非是……是在游戏里来过。很久很久以前在一个游戏里，他也像现在一样走过了一个又长又黑的洞穴，并且保护了弟弟免遭黑暗生物的袭击……

这时，他们看清了眼前的东西。

一条大虫，或者说大蜈蚣，张着大嘴向他们冲过来。

“小心！”阿里尖叫。面如纸色的玛丽迅速举起枪，瞄准，扣动了扳机。可什么都没发生。枪上的指示灯没亮起来，子弹也没有发射出去，除了一声轻轻的“咔哒”之外什么都没有发生。

阿里再一次飞身而起，在最后一刻扑向玛丽，把她推向了洞穴一侧的墙面。大蜈蚣没头没脑地冲向了他们刚刚站着的地方，像货运火车一样从他们身边疾驰而过。

“这，这就好像在游戏里一样。”阿里喘着粗气说。

“什么游戏？”玛丽问道。

“《开普勒 62 号》。你肯定记得啊。我是和乔尼一起玩的。游戏中有个很黑的通道，里面有个什么怪物。我当时不知怎么就感觉到了，自己还没反应过来的时候就已经采取了行动。”

玛丽哑口无言。她并没玩过这个游戏。现在她开始反思是不是当时应该亲自玩一次的。说不定没玩过游戏这件事在以后什么时候会要了她的命。她并没有通过游戏的测试，她来这里的位置是别人给的。

过了好一会儿他们才能再次集中注意力向四周张望。经过刚刚的慌乱，他们已不知现在到了哪里。

在向前几步远的地方，洞穴变得宽阔，形成了一个小房间，穿过小房间之后出现了一座宏伟的石头教堂。教堂拱顶最高的地方有个小开口，光就从那里照进来。

阿里欣赏着这座石头教堂，玛丽却顾不上这些。

“枪怎么不管用呢，”玛丽觉得很奇怪，“一般不会出故障的。”

“看那儿！”阿里抓住玛丽的手腕，指向教堂中央，那儿有个东西正闪闪发光。

他们小心翼翼地走近了一些。那是艘飞船，至少看上去像艘飞船的样子。大概最初是无人驾驶的设计，飞船的体形比他们来时坐的飞船要小上许多。飞船只剩下一个框架，里面的控制台甚至连门都已经没有了。看起来飞船大概是以很高的速度从石头教堂的顶上冲下来的，已经在这里躺了很久很久。飞船侧面还能看出闪着光芒的几个字母：KTA。

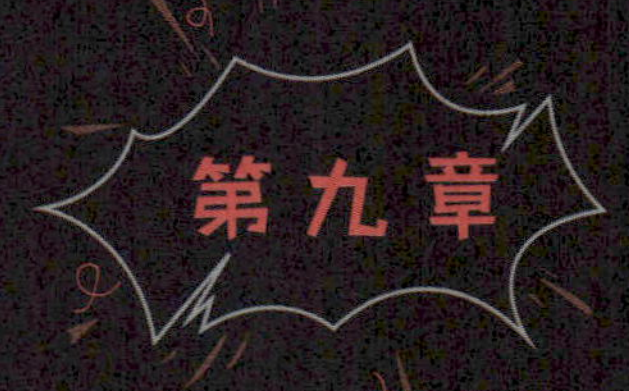

第九章

玛丽忽然像泄了气的皮球一般。

“就和我从嘶嘶兽手上偷到的平板电脑背面写的一样。”阿里说。他看见玛丽面色苍白，可能是被刚才的大虫吓的，也许还有别的原因。

“这是我们家族的标志。”玛丽沮丧地说。

“你之前怎么没和我说过？比如我给你看平板电脑的那次。也就是说，你……”阿里没必要继续说下去了。

“我爸就是这背后一切的主导。我不知道具体是怎么回事，但一定是这样。即便不是他也至少是他的公司主导的。”玛丽耷拉着头。

他们绕着飞船检查了一周。飞船并没有生锈，一定是用可以适应各种气候情况的特殊航空材料制成的。另外，洞穴也对飞船起了一定的保护作用。

阿里检视四周。他总觉得不安，像有人在暗中监视着他们似的。

“那些你在 51 区见到的外星生物……”

“可能确实是来自这里。”玛丽猜测着说。

“你在那儿到底都见到了什么？”

“见到了两个生物。一个小小的，像天使一样的，他们叫它飞飞侠。它……当时就在我们眼前凭空消失了。它有隐身的能力。另外一个我们已经见过了，就是低语者。”

“嗯，那些大蚂蚱……我还是想不明白它们到底站在哪一边，或者它们根本不和任何一方联盟。但是不管怎么说，现在它们都死光了。”

玛丽点点头。阿里并不完全确定，但他似乎在玛丽的眼角看到了闪闪的泪光。他假装自己什么都没看到。

“但是你没在 51 区看见那像熊一样的怪物？”

玛丽摇摇头。

“可那也不能说明 51 区没有这种东西。”

“你在 51 区见过的东西我们在这里只见到了低语者，但是另一个，那个飞飞什么的，还没见过。”阿里分析着刚从玛丽那里得到的消息。

“飞飞侠。”

“对，就是它。说不定别的星球上也有低语者，并不是说我们在这儿看见了它们，它们就只在这个星球上才有。但是这个……”阿里敲了敲飞船的外壳，继续说道，“这个东西肯定是从地球上发射过来的，毋庸置疑。”

玛丽并没听清阿里说什么。她发现飞船的侧面有个直角的凹槽，凹槽边缘有一个金属接口。玛丽仔细检查着这个凹口的边缘。

“就好像这儿缺了点什么似的。”

“平板电脑。”阿里确认道。

“什么？”

“那个我从嘶嘶兽那儿拿来的平板电脑，感觉应该差不多大小，并且那个平板电脑边缘有一些凸起，应该刚好和这个接口吻合。这也就解释了那些嘶嘶兽手上怎么会有这个东西。”

“平板电脑还在你那儿吗？”玛丽问道。

阿里点了点头。

“我没带着，藏起来了。”

“我们得把它放在这儿试试，我想看看到底会发生什么。”

后来，他们试着将小飞船竖起来，或者想打开它上面的一个暗匣子，可都没有成功。平滑闪亮的金属飞船固执地保守着自己的秘密。

“你还能找到这儿吗？”在他们准备离开的时候，阿里问道。

玛丽严肃地点了点头。

“这事别跟别人说吧？至少现在先别说。”玛丽提议道。

阿里也严肃地点了点头。他不想让乔尼跟着担心这些事，而余下的人他全都信不过，尤其是奥利维亚。其实他也不信任玛丽，因为他知道玛丽绝对有自己的秘密没告诉他，她知道的肯定比刚刚告诉他的要多得多。

“刚刚来的一路上你都在找这艘飞船吧？你是不是从营地出来心里就在想着这艘飞船？”他们从洞穴里出来走进丛林之后阿里问道。很幸运，他们并没有再遇到那条巨型蜈蚣。可能那条蜈蚣是在休息，以便为下一次袭击积攒能量，又或者这条蜈蚣像是那种只能发出一次袭击的暗器。

“我当然不知道。”玛丽小声说道。

“那么这是怎么回事？我确定你有事没有告诉我。”

“为什么？”

“我就是知道。”阿里试探道。他心里完全不确定，只是做做样子罢了。说不定玛丽并没有什么秘密，只是和所有人一样生活在不确定和恐惧当中罢了。但他还是决定试探一下，看能不能从玛丽口中得到什么秘密消息。任何秘密对他们所有人的生存都至关重要，哪怕一点点信息都可能是解开光怪陆离的现实谜题的关键，他们不应该互相有任何隐瞒。

可这时候，阿里想起自己其实也有好多秘密，比如被藏起来的平板电脑，他就只告诉了玛丽一个人。他有点脸红。

“我就是知道，”玛丽模仿他的语气说，“你其实什么都不知道。”

阿里的试探没有成功。

“玛丽，如果你知道能帮助我保护乔尼的任何消息，我都求你现在告诉我。你可以相信我。”

“是吗？”

“我刚刚救了你的命，我觉得你至少欠我一个人情，所以应该信任我。”

玛丽扭头看了看走在她旁边的男孩，浅黄色乱蓬蓬的头发就像喜鹊窝一样，让阿里本来严肃的面孔看上去似乎比较容易接近。有那么一刹那，玛丽几乎想把一切都告诉阿里，只要张嘴开始讲，就可以把存在心中的痛苦倾倒出来。她好想告诉他其实她最近听到了低语者的声音，告诉他这里其实还有低语者，哪怕它们的村庄已被烧毁，看似所有低语者都已经死掉了的时候。那声音警示了她关于那个盒子的事，还保证它们会在第二天早上来告诉她所有的事情，来帮助她。可是……它们并没有再来。

自那次之后，玛丽每天都在寻找。她一次又一次地回到瀑布这里，等啊等，希望能再一次遇到那种高大美丽的生物，哪怕只是再次听到它们的声音也好。她一天又一天地坐在瀑布边上，看着蜻蜓捕鱼，又被水里巨大未知的生物吃掉。要么捕杀，要么逃亡。难道这就是生命的全部意义？

玛丽总是想起那些低语者。她确定它们一定有她需要的答案。她只需要再次找到它们，她一个人去。

“好吧，你的嘴严实得就像个牡蛎壳。”阿里踢了一脚落在地上的大叶子。叶子飞向空中变成了粉末，像雪花一样散落在他们周围。

回去的路上他们没再说话。

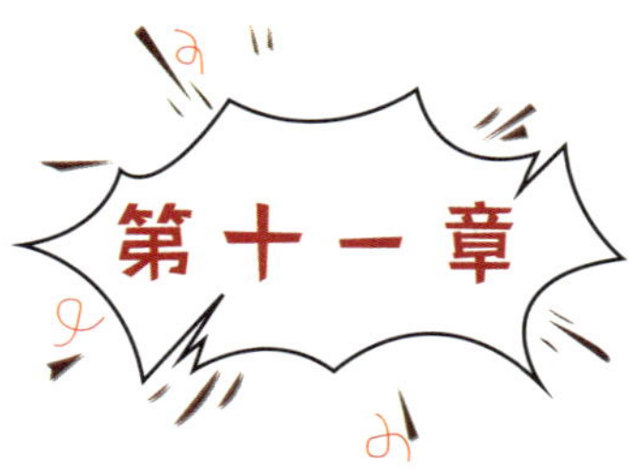

第十一章

营地里寂静得可怕。阿里有种不祥的预感，于是他冲向营地。他一把扒开宿舍的门，里面却一个人都没有。他又冲到仓库，里面也没有人。他再去扒开更多房子的门，全都空空如也。直到玛丽也赶上来把手搭在他的肩膀上，他才稍微放松一点，想起来向营地外围张望。乔尼、奥利维亚、敏俊、斯温特莱纳和丽萨正在五彩斑斓的草地中间向他们挥手致意，大喊着让他们也过去。

“看奥利维亚给我们拿了什么！”他们刚到其他队员所在的地方的时候，乔尼挥着手里的可乐瓶，咯咯地笑着对阿里说。其他队员也每人手上拿着一瓶可乐。

“这些可乐本来是在我们着陆的时候庆祝用的，但是后来发生了这么多事，就把可乐忘记了。”奥利维亚咧嘴笑着说，“可惜已经分完，没有你们的了，有一些可乐本来存在尼尼亚号飞船里。”

“这有可能就是全宇宙最后的几瓶可乐了。来，给你喝我的。”乔尼充满仪式感地向阿里递来可乐瓶，而阿里只是摇头避开，从奥利维亚手中接过了一瓶功能饮料。奥利维亚自己喝的也是功能饮料。

“这可不是宇宙当中最后的可乐。可能是开普勒 62e 星球上最后的可乐，也可能是我们今生能喝到的最后的可乐，但是别忘了，因为穿过了虫洞，我们还和地球大概处在同样的时间。也就是说，自我们出发以来最多也只过了两年。”奥利维亚提醒道。

对孩子们来说，这一切都太难以理解，所以大家干脆都放弃，不再考虑这事。

乔尼手里拿着可乐瓶坐在洒满阳光的山坡上，看上去是那么幸福。看到他的样子，阿里也逐渐放松了下来。在森林深处的山洞里发现飞船也好像是很久以前的事了。现在想来这一切大概也不是什么太奇怪的事。这个星球一定是早就被发现了的。如果只是听说有这个星球，怎么可能就这样大费周章地把他们送过来？玛丽爸爸的企业是地球上最大的武器生产商，所以他们开发一些航空科技也并不是不可能的事。说不定那些嘶嘶兽是意外发现了那个平板电脑的，然后通过不断的尝试，逐渐掌握了使用方法。曾听人说过，只要有足够多次数的尝试，哪怕是找只猴子来随便敲键盘，它也总能写出一两个单词来。

“玛丽，我希望以后你可以留在营地，别总是一个人去外面闲逛了。”奥利维亚用尽量轻松的语气说。

“你可管不了我。”玛丽回答得十分干脆，丝毫不给奥利维亚留情面。

难得轻松的野餐氛围就这样消散了。

“我当然得管。你也该理解理解我们。我们现在已经失去了一个队员，剩下的工作那么多，所有人一起做都不一定做得完。”奥利维亚解释道。她的话听上去确实有道理，但玛丽完全没听进去。

“我是去练习射击的，这就是我在这里的任务。别的事我也不会做。”

“以前要一起做什么事的时候你也都学会了呀。咱们现在得齐心协力。天气正在变化，谁也不知道明天会发生什么，所以现在大家要聚在一起互相保护。”

“你总是说要做这做那的，那我们在这儿最主要的任务到底是什么？”玛丽挑衅地问。

所有人的目光齐齐地转向了奥利维亚。奥利维亚的脸上保持着一如既往的假笑。

“我们的任务？我们的任务就是好好做人，我们是新人类。”

队员们相互看看，满脸严肃。这些话他们理解起来还不容易。毕竟他们都还小，还是孩子。

玛丽忽然抬起头像是要说什么的样子。所有队员都把注意力转向她，等她整理好思绪。玛丽嘴巴微张，队员们则竖直了耳朵。这时候，玛丽打了个嗝。

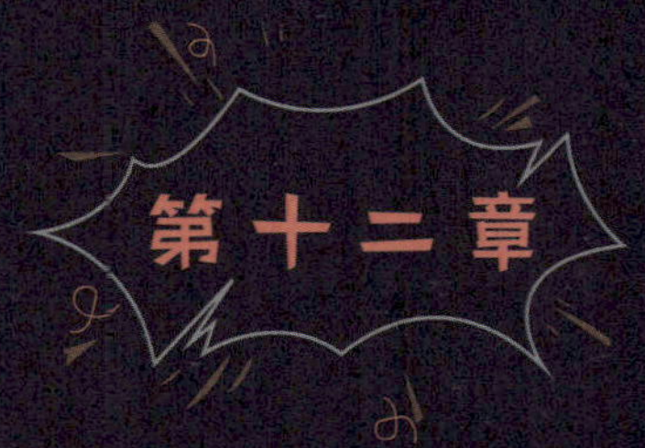

第 70 天

已经都准备好了。算上最初的那个，一共有四个炸弹，都调试好了。只是完全达到预备状态还需要一些时间。在这段时间里我们得找到那些低语者。我知道它们中还有一些藏在这个星球上，那些狡猾的坏蛋。对付它们，我们也得更狡猾，更果断才行。

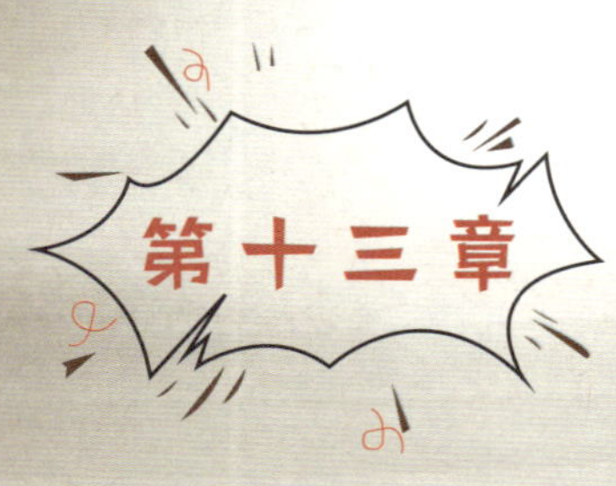

第十三章

接下来的几天中，这个世界里的五彩颜色迅速消失了，只剩下一片单调的棕色。草都倒伏到地上，随即化为了泥土。之前青翠欲滴的大草原迅速地变成一片无边无际的堆肥场，向空中散发着若有若无、带有丝丝甜味的气息。

“但愿这味道没有毒。”乔尼做作地捏着鼻子说。

“应该没事，至少仪器没有反应。”阿里检查了一下自己的腕表，安慰乔尼道，“而且很快这个阶段就要过去了。眼看着这些植物就变成了土，消失了。”

“那之后呢？之后会发生什么？”

阿里耸耸肩，把背包甩到了背上。谁也不知道以后会发生什么。

他们两两一组。阿里和乔尼，斯温特莱纳和敏俊，玛丽和丽萨，每组人都有一个画板，他们在画板上标记地形地貌和一些细节信息。奥利维亚觉得在冬天来临以前最重要的就是把周围环境标记好，为了预防有可能来临的风暴，找好可以临时保护自己的地方，还要找到水源、适合耕种的地方，以及所有有可能有用的信息。不知道为什么，奥利维亚再也不让他们走出这片草原了，尤其是那片森林，一下成了绝对禁止去的地方。在草原上他们要汇报自己发现的所有动物和它们的痕迹，不管是新鲜的还是看起来久远的痕迹。他们就这样逐渐熟悉着新的环境，为要在这里度过余生做准备。对阿里来说，这些新规矩就意味着他很难再有机会拿着平板电脑溜到飞船那里了。另外，他还怕别的哪个小组找到被他藏起来的平板电脑。他很想把平板电脑换到一个更隐蔽的地方藏起来，只可惜一直没有机会。

阿里和玛丽当然已经和其他队员汇报了他们在森林里见到的种种危险生物，比如奇怪的带电的绳索，以及跃出水面吃蜻蜓的大怪物。阿里还试着给其他队员画出那些怪物的样子，可他的绘画技术实在不怎么好。

“这个有点像一大捆绳子，但是长着好长的嘴巴，还有蜘蛛的脚。”乔尼看着他的画评论道，“这个星球上，难道连绳子都那么危险？”

“给我。”阿里气呼呼地从弟弟手里夺过画板，擦了个干干净净。

关于飞船和洞穴里大虫子的事他们都没再和别人提过。这共同的秘密就这样把阿里和玛丽联结在了一起。虽然他们只是偶尔秘密地交换一两个眼神，但阿里觉得他和玛丽的关系似乎回暖了。但他也不知道这件事到底该怎么理解，要想的事情实在是太多了。

思绪就像一团乱麻。

“看那里！”阿里指着地上一处被很多脚踏过的地方。

这脚印他们很熟悉，来自嘶嘶兽。

“这儿还有更多的脚印。”过了一会儿，乔尼指着另一处说。

这里一定是被往返踩了很多次，草已经完全伏在了地上。他们站在这儿向后望去，营地远远地变成了一个小点。这么看来，虽然嘶嘶兽没胆大到直接从他们的院子里穿过，也已经几乎摸到了他们身边 。

“那边，快看！”乔尼指着山谷另一侧喊道。那一侧和他们有一段距离，但是山谷间空气澄澈，让距离显得近了一些。

他们看到几头巨大的粗脖子的野兽正排着队穿过小山之间的峡谷。

从身形看，这些野兽和大象有些类似，但比大象略显苗条，在长鼻子的地方长了两到三个尖尖的角——如果能把这东西称为角的话。巨兽的队伍摇摇晃晃地向前缓慢前进，两个男孩子呆立在原地。阿里向四周看看，发现远处的玛丽也站住了，正在观察这些野兽。

“不知它们这是要去哪儿？”乔尼小声问道。其实他并不需要小声说话，因为那些野兽离得实在是太远了，完全没可能听到他们讲话。但他们还是觉得要这样小声讲话才适宜眼下这让人震惊的场景。

“我不知道。说不定它们正在迁徙，去没有冬天的地方。”

“就像迁徙的鹤似的？”

“大概是一个道理吧。”

就在这时，走在最后面的野兽身后冒出来一只熊一样的生物。它附近很快又出现了另一只，再一只。不一会儿，一大群嘶嘶兽就像从地底下冒了出来一样。它们一定是一直在附近埋伏着。

虽然距离他们很远，看不清细节，但大体的过程还是看得一清二楚。嘶嘶兽们叫着跳着把走在最后的一头野兽赶离了群落。最后那头野兽冲下山坡想逃走，它跑得飞快，还不时扭着脖子向后看山坡上的情况。它似乎比嘶嘶兽跑得快些，所以如果它能冲到山脚，说不定就逃脱了。但就在这时，它忽然脚一扭摔倒了。很快在它周围又出现了更多的嘶嘶兽，那些嘶嘶兽应该一直在附近等着。那头野兽的摔倒大概也并不是意外，而是预先设好的陷阱造成的。

嘶嘶兽们拿着棍子、棒槌，以及其他式样的武器赶上来，抓住了那头野兽。那头野兽用尽最后的力气抬起了头，用它的长角顶开一只嘶嘶兽，发出了一声痛苦的哀嚎，声音回荡在山谷里，碰碎了孩子们的心灵。在那之后就是一片死寂。

阿里用胳膊夹起乔尼，用手遮住他的眼睛，不想让他看到捕猎者奔向野兽的最后一刻，但乔尼从他手中挣脱了出来。

“要是我想在这儿活得久一些，就需要直面现在发生的事。这是唯一的办法。”他严肃地说。

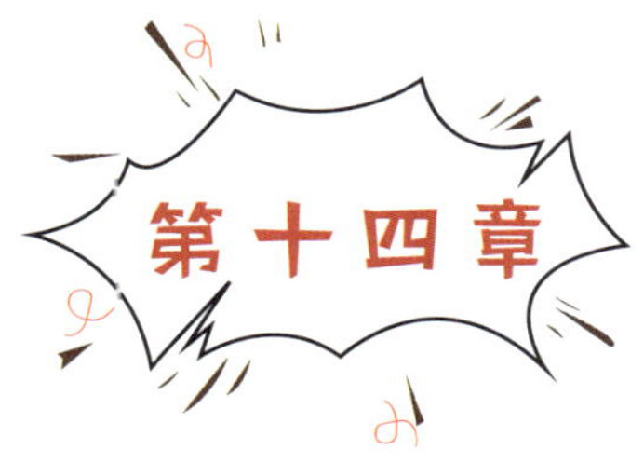

第十四章

夜里，阿里悄悄把被子推到一边。航空材料制成的被子虽然轻盈，却会发出沙沙的声音，在夜里听来简直像是燃放的焰火。所幸其他队员都睡得踏实。现在玛丽也搬回宿舍和他们住在一起了。天气越来越冷。实在想在外面睡也还可以，只是不像以前那么舒服。

才走到门口，阿里就感到了外面的寒气逼人。他考虑了一会儿要不要转身回去，钻回暖和的被子里，忘掉他的所有英雄主义计划。这时乔尼忽然咳了一下，让他顿时清醒了许多。之后乔尼又咳了一下。阿里下定决心走出宿舍，关上了身后的门。

天上没有一颗星星。有一些湿乎乎冰冰凉的东西落在了他的脸上。阿里把连体服上的帽子系紧，除了眼睛之外的地方都牢牢保护起来。

在黑暗中他还是找到了平板电脑所处位置的石头，因为他在腕表的电脑里标记了这块石头的位置。虽然开普勒62e星球附近并没有用于定位的卫星，但因为他们在营地附近建了一些信号发射塔，所以只要还在营地周围，腕表的定位还是准确的。所幸平板电脑还在原来的位置。平板电脑光滑的金属表面摸上去像是冰做的一样。阿里看了一眼腕表上显示的环境温度：-5℃，这种温度对在芬兰长大的男孩子并不构成威胁，不断落下的冻雨只会让人觉得更寒冷。

彻底远离营地走到去往森林的小径上之后，阿里就关掉了腕表。腕表随时监测着他们的心跳，他可不想留下任何痕迹。又走了一会儿，他才敢打开头上的灯。强烈的灯光把周围照得一片惨白，像是过度曝光之后的照片一样。逐渐腐烂的草地上覆盖了一层白霜，看上去就像长着刺的地毯，阿里被吓得一激灵，却发现那些只是草而已。

森林密实得像一面墙，光是想象他走进森林里就觉得不可能。没有任何人在夜里来过这片森林。

“没事，能过去。”一个细弱的声音把阿里吓得心都要跳出来了，“我在这儿等你好一会儿了。”

原来她一直坐在衰败的草丛后面。她走出来时，和阿里一样，也用兜帽盖住头，只留眼睛在外面。阿里一下就根据她那精瘦的身材认出了是玛丽。

“喂，你到底来不来？”玛丽的话不是在提问，而像是个命令，因为她头都没抬就转身走进了森林里。阿里在后面跟着她，心里忽然放松了许多。

“我就猜到你肯定要来试试那个平板电脑，也知道你肯定想要我一起来。”走了一会儿之后，玛丽用聊天的语气说。

阿里想做出一个平和一点的回应，却无论如何都找不到合适的词语。

“没事，其实换了我也会和你做一样的事。”玛丽自顾自地说，“你看虽然我们其实也没有什么别的选择，但要互相信任还是很难。”

“是啊。”阿里说。

“你说是不是因为我们都太害怕了？”玛丽的话听起来像是日常跟朋友聊天一样轻松，但其实他们正走在陌生星球茂密的森林里，而这片森林在夜里或许还有很多恐怖的捕猎者。从声音听来，他们周围就有，正在他们附近的黑暗中游荡。

“你也害怕？”阿里没能掩盖住声音中的惊惧。他一直觉得玛丽从来都能掌控局面，很酷的样子。

阿里等着玛丽的回答，却没能等到。夜里树叶脱落的声音显得更响了。但也幸亏有头顶植被的保护，冻雨落不下来，他们可以把兜帽松开一些。

“害怕。”过了很久，玛丽才回答道，“我也害怕。”

“哎，还好你带了手枪。”阿里看看玛丽腿侧挂着的枪袋说。

“我带了，但是我怕的那个东西，恐怕并不会受到枪的威胁 。”

“嗯？”

玛丽停下来，抓住了阿里的手腕。她看上去是那么急切，好像掉到冰洞中的人抓住了最后的逃生希望。

“我怕被发现。”

“什么？难道你……”他也想不清楚。

“不，我不是什么间谍。我是说我怕大家都觉得我就是个有钱又孤独的小孩子，习惯了可以用钱买到一切的那种。有人说朋友是用钱买不到的，但是我可以，至少在以前的生活里一直可以。只要几听可乐、几篮水果就可以买到整整一栋房子的朋友，我要他们做什么他们都会同意。如果我希望，他们也可以装作我们之间有友情。”

“水果……？”阿里睁大了眼睛。他想起了那个苹果，那个他再次在梦中见到的商店里的苹果。

“我也不知道自己到底是谁，有没有心。我真怕自己没有，怕大家发现我就是个空洞的壳子。”玛丽说。

他们走到了瀑布附近。直到这里一路走得都还算容易，因为有瀑布的水声指引着他们。这之后他们就要想办法找到洞穴的入口了。还好那洞口应该不太远，至少在阿里的记忆中不算远。但是到底在哪个方向呢？黑暗之中所有的树都长得一模一样。

“那边。”玛丽用自己头上的灯指了指。

“你确定？你怎么……？”

玛丽从地上捡起一块石头，丢向了光束外侧。一片蓝光闪过，苦涩的气味传来——玛丽投中了。

“我说过它们不怎么动的。”

不一会儿他们就到了石头墙前面，用头顶的灯射向洞穴里面，试图看到即将到来的危险。但什么都没有发生。

“只好勇敢地试试看了。”玛丽悄悄说。

他们互相看了看，两个人都很害怕。他们头顶上的灯光汇聚在了一起。玛丽伸出手来，阿里不自觉地抓住了她的手。他惊讶地发现，虽然周围的空气像冰一样湿冷，但是玛丽的手却异常干燥而温暖。

第十五章

事实证明大蜈蚣并不在夜里出动。至少他们没费什么周折就进到了飞船所在的房间里。他们互相紧握着对方的手，过了好一会儿才假装不经意地悄悄松开，小心得甚至连对方的眼神都不敢看。

从屋顶洞口落下来的冻雨滴到了飞船上面，飞船表面冻上了一层冰壳，泛着亮光。他们只好用手掌的温度把凹口处可能是为连接平板电脑准备的位置上的冰化掉。

“我觉得你现在可以试试了。”玛丽向手上哈着气说道。冰冷的金属表面让她的手一阵刺痒。

阿里从衣服里抽出平板电脑。他又向四周瞅了瞅，上次就有的被监视的感觉又回来了。可是无论怎样检查，周围还是什么都没有。于是他把脑中这个想法赶走，把平板电脑摆在了合适的位置，向里一推。只听得“咔嚓”一声，平板电脑严丝合缝地进入了凹槽中。他们等了一会儿。从远处看不见的地方传来了一阵鬼哭狼嚎般的尖利叫声。他们不自觉地互相靠近了一些，还是紧紧盯着平板电脑。但平板电脑并没有如他们想象的那样亮起来。

“好吧，要是这么简单就打开了也太容易了。”阿里咽了口唾沫说。他用指甲把平板电脑又从凹槽里抠了出来。

“等一下。”玛丽伸手去拿阿里手上的平板电脑。她用几乎祈求的眼神看着阿里，阿里终于点点头松开了手。玛丽把平板电脑反转了一下，让另一侧朝里，然后再次将其按进了凹槽里。他们又听到轻轻的“咔嚓”一声。

“你对电脑什么的在行吗？”阿里问。

“我最不在行了，你呢？”玛丽笑着说。

“跟你一样。”

“那我们现在大概就是这星球上最适合做这件事的两个人了。”玛丽开玩笑说。

“咱俩就是超级极客双人组合。”阿里也笑着说。

但依旧什么都没发生。没有灯亮起来，屏幕也没有亮。飞船就像一尊雕像一样停在洞穴的地上。

“好吧。”阿里再次伸手去拿平板电脑。

“等一下！”

玛丽用头上的灯照着飞船的冰壳子。一开始阿里还没发现有什么奇怪的现象，但再仔细看看，他也注意到冰面上出现了一颗小水滴，在强光的照射下像钻石一样闪着光芒。不一会儿，又出现了第二颗水滴，紧接着第三颗。他们把光束照向附近，发现整个飞船表面都布满了珍珠一样的水滴，冰壳开始融化，小股小股的水流顺着冰壳滴落下来。

“它变暖和了。”玛丽把手放在飞船表面，说道。

“又活过来了。”阿里把头顶的光投向飞船顶部，那儿升起一个碟子模样的东西。开始只有盘子那么大，但它逐渐升起来，一层比一层大，到最下面一层已经有蹦床那么大了。

“天线。”阿里看着这个升起来的东西逐渐旋转，慢慢改变方向，终于说道。

这时候，平板电脑终于亮了起来。屏幕上出现了几个字母：KTA。天线一边发出嗡嗡的声音，一边继续旋转着。屏幕又逐渐暗了下去，闪烁着一行小字：“请输入密码。”

阿里和玛丽你看看我，我看看你。

“有什么想法吗？”阿里问。

玛丽摇摇头。过一会儿，她耸了下肩膀，写道：“马格达”。

平板电脑好像是在思考她写的密码是否正确。过了好久之后屏幕上出现了如下的字：

密码错误。

还有两次机会。

“马格达是我家的老仆人，在我爸还是小孩的时候他就出现在我家的照片里了。我本来以为……但是看来并不是。”

“我也有个想法。”阿里紧皱眉头，像是在试着回想什么，想了很久很久。他写道：

18h52m51.060s+45°20′59.507″

“这是什么？”玛丽吃惊地问。

“是这个星球的坐标。我们用这个开启了游戏的最后关卡，是乔尼想出来的。”阿里解释道。

这次机器思考了更长的时间，简直好像是它把信息发给了地球，又在等地球给它回复。说不定事实就是这样。

密码错误。

还有一次机会。

“只有一次机会了。要是我们再猜不对，不知道会怎么样？”玛丽说。

“说不定这东西会自己炸掉。”阿里本是想开个玩笑轻松一下，但实际的效果却恰恰相反。

玛丽忽然像想起什么似的深吸了一口气。

“会不会……会不会其实特别简单？”

“什么？”

“我从家里出发的时候收到了一个密码，就是靠这个密码飞机才得以降落在51区。”

“你还记得吗？”

“嗯，记得。我之前也听说过，这密码跟我爸爸很久很久以前做过的一个项目有关系，我听他提起过一次。那个项目是绝密的，如果别人知道我听说了这个项目，说不定就会来伤害我。大概是这种感觉。是公司的一个什么项目。”

“那密码是……”

“Scorpion（天蝎）。”

玛丽犹豫着不敢下手。阿里鼓励地冲她点点头，她终于颤颤巍巍地在屏幕上写下这些字母：

Scorpion

屏幕暗了。飞船里的什么东西启动了。他们好像听到了微弱的金属轰鸣声。屏幕上出现了这些字：

成功登录系统。

接下来屏幕上就飞快地闪过一行行数字。

010101110110010100100000001100001011
100100110010100100000001110010011001010
1100001011001000111100100100000001100110
01101111011100100010000000111010001101000
011001010010000000110001101101111011101010
11011100111010001100100011011110111011101101
1100010111000100000001010111011000010110
1011011001010010000000111010101110000001
000000111010001101000011001010010000
00110101101101001011011100110011100100001

第十六章

再后来就什么都没发生，他们在那儿等了很久很久。一行行只由 0 和 1 组成的数字像在捕猎的蛇一样，一遍又一遍地刷过屏幕。

“这肯定是什么信息。”阿里猜测道。

“真的？可它是从地球上发来的吗？是给谁看的？是刚刚才发过来的呢，还是一直在这个设备里存着？”

他们敲击屏幕，在屏幕上用手指滑动，尝试了能想到的各种方法，但是设备再没有任何反应。

“说不定乔尼能想出什么办法来。他从生下来就一直粘在屏幕前面，当然是在地球上的时候。”

阿里小心翼翼地把平板电脑又拿了下来。飞船就像叹了口气似的，天线逐渐缩了进去，表面再次开始结冰，可以听到机器内部被冻住时发出的轻微的咔嚓声。

“不知你发现了没有，这个地方，感觉不是自然形成的。”玛丽看看周围说道。阿里也抬起头，把头顶的灯光照向周围的黑暗。从洞穴顶部的洞口看向外面的天空，可以发现有一些白色的软绢绵的东西飘落下来。

“下雪了。或者是类似雪的东西。”

“我是说，你看这飞船周围的石头是按顺序排好的，就好像是故意摆成这样似的。”玛丽思考着说。

“我们得在雪下大了之前回去。”阿里看着头顶洞口外的天空，担心地说。

“就好像……看那儿！”玛丽用灯指向在飞船前面围成半圆形的石头堆。

“像什么？”阿里看不出来。

“祭坛。这艘飞船就好像是个祭坛。”

阿里又瞥了一眼球形的飞船和在飞船外围摆成半弧形的石头堆，真的好像就是有人特地把那些石头摆成这个样子的。可说不定也不是。

“也有可能，是这东西冲下来的时候把周围的石头撞成了这个样子。”阿里总结着自己的想法，但是他其实自己也不完全相信这个理论，因为就在这个时候，他忽然觉得他们周围还有别人。

刚开始只是个黑影在光束外围闪了一下。接下来，就从黑暗中看见了一双闪亮的眼睛。然后就听到沙沙、嚓嚓的声音。

“嘶嘶兽。”玛丽悄悄说。

“好多嘶嘶兽。”阿里把光束斜着照向洞穴边缘，发现整个洞穴里站满了嘶嘶兽，简直像是一整支军队。

他们才小心翼翼地向出口的方向撤了几步，一只嘶嘶兽就走进了他们的灯光里，它后面还跟着整整一群。阿里和玛丽明白他们被包围了。身形巨大的嘶嘶兽不断悄无声息地从洞口涌入。

“你们想干什么？”

嘶嘶兽群中传来一阵咔啦咔啦声，紧接着一阵窸窸窣窣的声音。它们在讨论着什么。

“嘶嘶——”

“它说什么？”阿里问。

“我哪儿听得懂。你不是有平板电脑嘛，可以用它翻译一下。至少以前管用的。”

阿里有点犹豫，因为刚刚他已经飞速地把平板电脑塞进衣服里藏了起来。他实在很想把刚刚看到的编码展示给乔尼看，所以这个时候就格外不希望失去它。然而他还是在嘶嘶兽寂静的凝视当中小心翼翼地把平板电脑掏了出来。

“嘶——”阿里将平板电脑靠近离自己最近的一只嘶嘶兽的时候，它似乎发出了一声叹息。

“它们在说什么？”玛丽问。

阿里把屏幕转向自己，以便看见翻译的内容。

小偷！

“大事不妙。”玛丽说着，伸手悄悄打开了手枪袋的扣子。

“我是从地上捡到的，所以这个现在是我的。”阿里对着平板电脑说。平板电脑随即发出了沙啦沙啦的声音，简直让人怀疑它究竟是在翻译阿里说的话，还是坏掉了。很快，屏幕上出现了嘶嘶兽们的回答：

骗子！

他们周围的包围圈越来越小。阿里不禁想起之前看到的嘶嘶兽们在山坡上围捕那头像大象的野兽的情景，还有它们在低语者尸体周围跳舞的样子。

“我们是朋友。你们知道关于这艘飞船的信息吗？”玛丽对着平板电脑说道。

这是神圣之地，你们亵渎了这里。

“有什么办法吗？”阿里悄悄问玛丽。

“我努力消灭尽可能多的敌人，你想办法跑去营地求救。”玛丽冷静地说。

阿里环视四周。玛丽的计划实在是太烂了，简直称不上是个计划。现在他们周围有好几十只嘶嘶兽，不光身体强壮，还个个充满暴力倾向。只要枪响一下它们一定会毫无悬念地袭击他们。阿里跑不出两步就会丧命于它们的棍棒之下。

“我们帮助过你们，把低语者都毁灭了，你们不记得了吗？”阿里对着设备说。

又一阵窸窸窣窣的声音。这次嘶嘶兽们似乎有些犹豫。

那只是个小村庄罢了，它们还没被杀绝。

“你们是说低语者？”阿里大吃一惊。

对。

玛丽看上去也被吓了一跳。

“它们在哪儿？”

森林后面。有很多。必须把所有的都消灭！保证！

“是谁向你们保证过？有人对你们保证过什么吗？”玛丽紧接着问。

一片安静。

“你们之前和谁说过话？”

嘶嘶兽们没有回答。离他们最近的那只嘶嘶兽向阿里伸出手，想要拿走阿里手上的平板电脑。阿里两只手把平板电脑攥得紧紧的。那只嘶嘶兽一声怒吼，整个族群就像变成了一只动物一样整齐地向他们聚拢过来。他们巨大的脚掌踩在地上，大地仿佛变成了它们的战鼓，砰砰作响。

玛丽迅速地把枪举在身前。

“不要！”阿里一声惊呼，可玛丽已经瞄准了最近的那只嘶嘶兽。

“第一只倒下的时候你就快跑。”玛丽命令道。

突然，嘶嘶兽群安静了下来，只能听到它们喘气的声音。

“它们就要攻击过来了。”阿里小声说。

这时，一束强光驱赶了黑暗。那光束极为集中，亮得刺眼。紧接着，又亮起了第二束、第三束。刹那间，整座石头教堂就沐浴在了极其明亮、似乎还微微颤动着的人造光当中。他们周围忽然刮过一阵清风，像是有什么东西快速从他们头上飞过，可是，周围什么都看不见，整个洞穴笼罩在刺眼的灯光当中，还不时伴有刺耳尖厉的声音。阿里和玛丽都举起手来遮住眼睛，可眼睛还是痛得像被火烧着了一样。他们最终无意识地蜷缩成一团。终于，周围又归于黑暗。

过了很久，玛丽和阿里终于敢睁开眼睛的时候，他们惊讶地发现周围的嘶嘶兽都不见了，强光也没有了，洞穴中只剩下他们两个。有些雪花穿过屋顶的洞口飘落下来。

“别问我刚刚是怎么回事。”玛丽悄悄说。

“可到底是怎么回事？”阿里问道。

第十七章

他们一路穿过森林，并没有遇到什么问题。可走回到草原上的时候他们才发现，雪下得天地一片白茫茫，可见度只有几米。没过一会儿，可见度连几米都没有了。

“要不咱们回森林里去，在树下躲一躲，等雪过去？”阿里问。

“可这雪什么时候会停呢？”玛丽用新的问题回答他。

“肯定……说不定……”阿里说不下去了。他自己也发现，他们对这个星球上的雪还完全不了解。这场雪下一个小时，或者一周，甚至一年，都完全有可能。

“我在那儿一分钟也不想多待了。”玛丽说。阿里点点头。遇到嘶嘶兽就已经够惨的了，还碰上了那些奇怪的强光。虽然感觉好像是那些强光救了他们——至少在当时是帮助了他们。

于是他们继续缓慢地摸索着前进。之前从草地踩出来的小路已经完全被大雪覆盖了。

雪花现在近乎是垂直着向他们打过来，就好像湿毛巾抽在脸上。风怒吼着，他们都难以听清对方说的话。

“还好你忍住了，没开枪！”阿里冲着玛丽的耳朵喊道，“要不然我们就死定了！”

“我开枪了！”玛丽喊回去，“但是枪没响！这把枪也不能用。”

他们互相抓住对方的手腕，一步步向前挪动。虽然他们已经尽力把兜帽系紧了，但是雪还是融化在他们的眼睛上，随后变成了冰水，一小股一小股地流进了连体衣里。

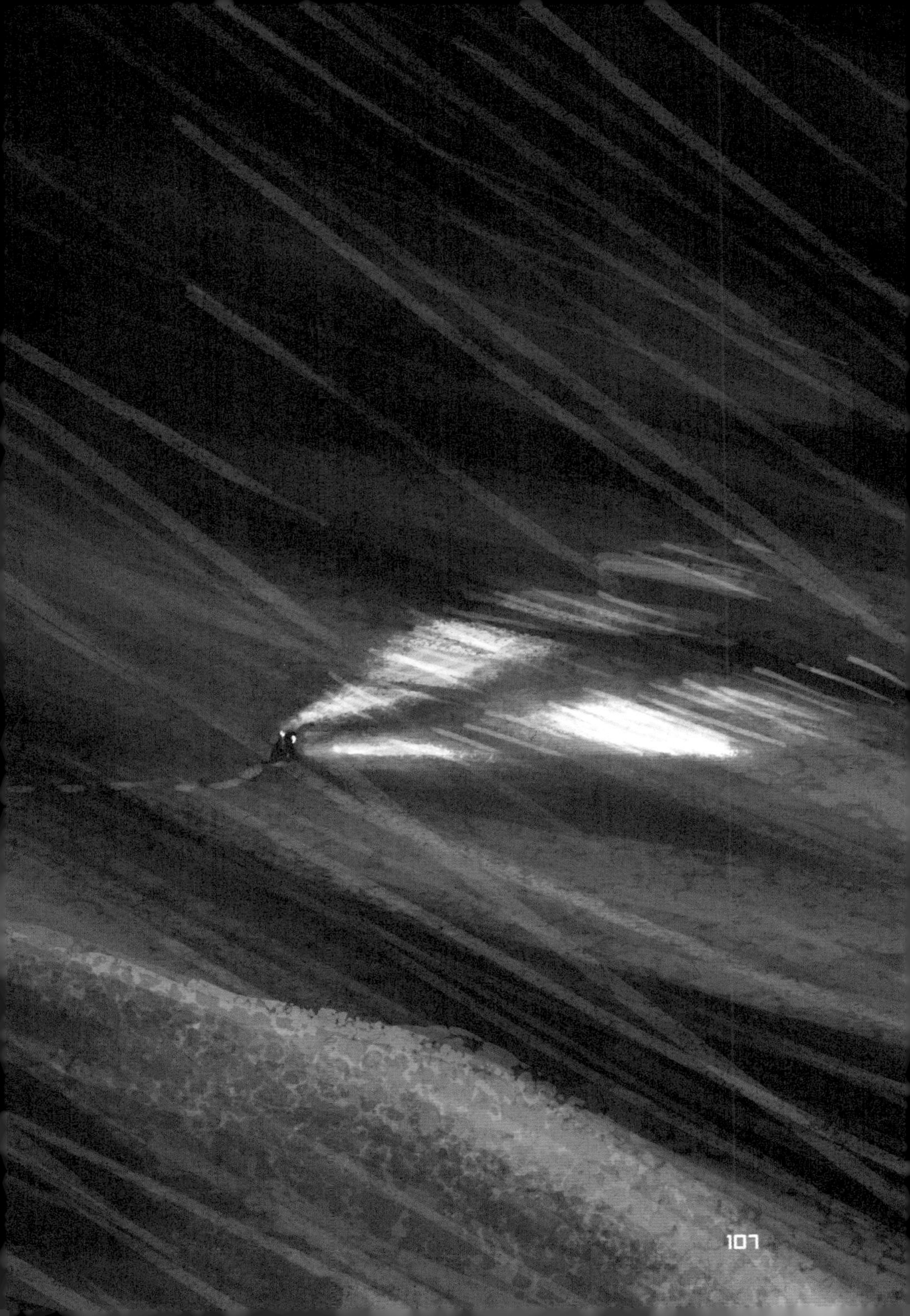

“你确定我们走的方向对吗？”阿里大喊道。

“你呢？”玛丽回答他。

阿里启动了腕表，但要么是他们离营地太远了，要么是受这暴风雪的影响，腕表并没能收到信号塔的信号。他们知道营地比森林的海拔高些，本是该按照等高线向上走的。

“这种天气里我们哪怕是从埃菲尔铁塔下面直接穿过，恐怕也看不出自己走到了哪里。”阿里说。

“那你还有什么更好的办法？”

阿里哪有什么办法。他们就像落水的人抓着救生圈一样紧紧地抓住对方，在越来越厚的雪层中蹒跚前行。他们已经感觉不到脚趾了。虽然连体衣很有效地隔开了风雪，但他们的体温还是不可避免地开始下降。

他俩谁也说不清到底在雪中走了多久，反正，太久太久了。

“我们肯定走过了。”阿里努力让喊声压过风声。

“或者方向错了。”玛丽说。

“得往回走，到森林里去。”阿里尖声喊道。他的声音里满是困顿和绝望。

他们把灯转向来时的方向，可他们身后只有无边无际的雪原和黑暗。大雪已经把他们来时的痕迹掩盖了。这时，阿里头顶的灯闪了一下，灭掉了，又亮起来，再灭掉，再亮起来，最终灭掉了。玛丽的灯也开始有同样的征兆。在极端寒冷的侵袭下，电池中储存的电量急剧减少。

终于，在他们周围只剩下狂风暴雪裹挟着的黑暗。

阿里和玛丽紧紧抓住对方，蜷缩进对方怀里，不顾一切地企图从对方身上获取最后一丝热量，或者贡献出自己的一丝热量。他们用尽最后的力气在雪地里挖了一个坑，可就在他们坐进去一会儿后，坑又被新下的雪灌满了一半。玛丽把头枕在阿里的膝上。阿里在玛丽上方躬下身子，尽量给玛丽一点点保护。虽然周围很冷，他们却觉得很暖和，精神也很快放松下来。

“别睡着了。”阿里悄悄说道。他把玛丽摇醒：“快醒醒！”

“不要……再……就一会儿。”

阿里并没有放弃。他靠蛮力把玛丽拽起来，一巴掌扇在了她的脸颊上。玛丽尖叫一声，也扇了他一巴掌。

“这还不错。”阿里微笑着揉揉脸颊。被打了一下，血液又开始流动了。

阿里看向四周，那边好像……他好像在暴雪当中看到了几处灯光！就在那边！几点灯光闪闪烁烁，像是在邀请他们过去。营地！就在那儿！远远看去应该是有座建筑。说不定他们已经走到营地边上了，阿里这样想。要是死在营地以外十米远的地方，就太可惜了。光不见了，但是阿里记得它们的方向，他拖着昏昏欲睡的玛丽向那里走去。玛丽跟在他后面，机械地挪动着双脚。

雪地里好像有个隆起。阿里努力用最后一点颤抖着的灯光想看清眼前是什么，但灯光实在太暗了。现在只有一个办法能弄明白在他们面前的到底是被雪埋起来了的宿舍还是大石头。阿里开始挖。

他的手指已经冻得没有感觉。他就用手腕的力量强迫带动手指挖。指甲好像都挖掉了。时不时地，阿里也推一推已经在他身边打起瞌睡的玛丽。

“醒醒！别睡了！帮帮忙！”

阿里忽然觉得从雪下摸到了个坚硬的东西。难道是石头？好像又不是，比石头软一点。这激起了阿里新的斗志，他加快速度，挖到了雪下面结实又有弹性的表面。他用手指摸到了这表面的边缘，然后把手伸进了它的另一侧。是空的。在里面手指什么都摸不到。但是已经清楚了，无论这是什么，都不会是他们营地的房子。营地的房子都是用更轻薄更有弹性的材料做成的。这东西……很难描述，感觉几乎是个活的生物。阿里继续挖，很快挖出了一个巨大的看似嘴巴的东西——一个洞口。即便在寒冷当中，这洞口也散发出阵阵令人难以忍受的恶臭。

可是没有时间犹豫了。阿里把玛丽从洞口推了进去，自己也弯腰爬了进去。里面空间不大，但是装他们两个人刚刚好。风和雪被隔在了外面，而他们就藏身在这洞穴当中。没过几分钟，大雪就封死了他们爬进来的洞口，他们周围只剩下一片寂静，以及昏睡着的玛丽的呼吸声。阿里头顶微弱的灯光最终闪了几下，就再也不亮了。他尽量把身体挡在玛丽身前，保护着她。他竭尽全力不想放弃希望，但是他也不清楚自己还能坚持多久。

第十八章

第 74 天

不，不，不要，不要，不要！

大雪把一切计划都毁了。我们甚至还没来得及找到要毁灭的那些生物。

一场大雪把我们和四颗已经调试好的炸弹捆在了一起。炸弹已经开始倒计时了。用不了多久，就无论如何都来不及了。整个计划就会这样毁在我的手里，他也会因为我而失望。我已经尽了最大的努力。

好像这还不够乱似的。阿里和玛丽这两个小孩子，居然逃走了。我当时就说，不要带这个女孩子一起来，这就是个错误。但是他说要有人道主义精神，一辈子至少要做一次正确的事。

现在只有奇迹降临才能拯救我们，但是我根本不相信有奇迹。他也不信。

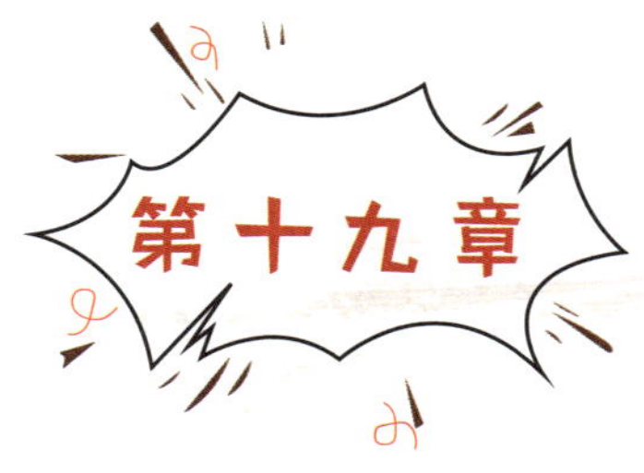

第十九章

他们得在门口的墙上挖出个通道才能出去。大雪几乎堆到了宿舍房顶。幸好斯温特莱纳有一把平时收集植物标本用的小刀，现在她就用这把小刀给大家开出一条通道。

乔尼第一个从雪地里冒出头来。他在所有人当中个头最小，所以被派去在雪地里挖出一条通道，以到达外面。他就像是刚从洞里钻出来的鼹鼠，小心翼翼地转着头观察外面的一切，闻着苦涩寒冷的空气。好在雪最终还是停了，太阳明晃晃地照下来，周围一片刺眼的雪白，就像大海被速冻住了。地面的积雪至少有两米厚，营地周围的建筑就像是沉在水里只露出尖端的石头。

“看见什么了？”丽萨也跟着冒出头来。她爬到宿舍的圆顶上，来到乔尼身边。

乔尼摇摇头。

“我本来希望……”他咽下一口唾沫。

丽萨轻轻拉起乔尼的一只手，就好像那是只玻璃做的小鸟。

“说不定，他们找到了躲起来的地方呢。”

“难不成在那边？”乔尼大叫起来。他用手指着眼前的大草原和稍低一些的山谷。白色的雪层遮住了一切，显得那样平整，原来能微微看到的一些起伏统统都不见了。

“看见他们了吗？”敏俊也一脸焦虑地冒出头来。

最后爬出来的是斯温特莱纳和奥利维亚。

“大家都没事吧？”

大家都点点头。

“乔尼？”

“嗯，没事。”

“你夜里咳嗽得很厉害。”

“没事，就是咳嗽罢了。”

“别人呢？”

“我有点流鼻涕。”斯温特莱纳说着吸溜了一下鼻涕。

奥利维亚好像根本没听到斯温特莱纳说话，她也被眼前的景色惊呆了。四周白成一片，连参照物都找不到。要是有人在外面过夜，肯定已经被埋在厚厚的雪被下面了。高空似乎有什么东西滑翔而过，但具体是什么东西，有多大，都完全说不清。从地上看来就是个小点而已。

“我们得去找他们！”乔尼说这话的声音太大了，把周围的人都吓了一跳。

“去那边？”斯温特莱纳说。从她的语调里就能听出她已经没有信心了。

“这可怎么找呀。”敏俊看着眼前笼罩一切的雪被说。

“乔尼，我知道你担心哥哥，我们也和你一样担心。但我们现在被困在这里了，贸然出动会很危险。恐怕在雪化之前我们什么都做不了。”奥利维亚说。

“那雪什么时候能化？”

“我也不知道。”

“我们可以做滑雪鞋。”丽萨在地球上的时候穿过滑雪鞋，她提议道。

“但是……”奥利维亚开口说。

“嘘——让丽萨说完。”乔尼打断了奥利维亚。

“之前我们把飞船的外表金属壳都拆下来存起来了。那金属壳是用钛合金做的，又轻又足够大。要是我们能找到什么东西把金属片系在脚上，我们就可以在雪地表面行走了。”

丽萨解释道。奥利维亚瞅了一眼乔尼，他的目光似乎比太阳还要炽热。

“那好吧。虽然我还是不信，但是，可以试试。”

虽然他们距离最近的仓库大概也就二十米，但挖出一条通路来还是用了好几个小时。在那之后进展就快了许多，因为他们从仓库里找到了些好用的工具，甚至还有两把铲子，是刚到的时候挖地基用过的。钛合金板堆在了最大的仓库里，那座大仓库现在只有三分之一还露在雪地表面。

所有人都拿到了金属板。

“嘿，还有玛丽和阿里呢！他们也得有才行，不然怎么和我们一起回来呀。”乔尼担心地说。其他的队员互相看了看，谁都没回答他，最终，他们还是多拿了两副金属板。

“这个我也拿上。”乔尼拿了一块更大的、尖端有点弯曲的金属板。这块和其他的金属板相比，形状有些不同，估计是从宇宙飞船顶端附近拆下来的。金属板闪着银光，虽然在太空中航行了那么远，上面却一点划痕都没有留下。

“我也要个这样的。”丽萨眯着眼睛看了一下乔尼，像是明白了什么似的笑了一下。

“你们两个小淘气到底在计划什么？”斯温特莱纳问道。从她的语气可以听出她并不怎么生气。

奥利维亚和斯温特莱纳合作给大家制作雪鞋。她们在金属板上打眼，然后穿上绳子，绑在鞋子上。雪鞋虽然制作简单，却很实用。乔尼和丽萨一起鼓捣一片大概 1.5 米长的金属板。乔尼把两个金属条中间的尖端弯折，丽萨则不顾艰辛地一路回到宿舍，拿来了一个小小的密封的塑料瓶子，里面满是清澈的液体。

“我从医药箱里拿来了这个。”丽萨悄悄告诉乔尼。

“这是什么？”

“治便秘的药。”

“啥？你是说……呃……难道你……”

“这里面就是石蜡。石蜡可以用来治疗便秘，也可以让物体的表面变得格外光滑。”

乔尼一下就想明白了。他兴奋地点点头。丽萨把液体倒在了自己连体衣的袖子上，然后用袖子把石蜡涂在乔尼卷好的金属板底下。金属板很快就由闪闪发光变得有点磨砂的效果，但是特别光滑，用手摸上去都能感觉到手指在它的表面上滑动。

又辛苦工作了一小时之后，他们终于准备好了。斯温特莱纳、奥利维亚和敏俊都已经穿好了雪鞋，手上还拿着铝制的手杖。丽萨和乔尼的雪鞋被他们背在身后，每人还多背了一双。在其他人小心翼翼地感受穿雪鞋在雪地行走的感觉时，丽萨和乔尼爬到了宿舍的房顶上，把他们的大金属板放在了雪地上。

“以前在家里的时候我们会坐在木板上滑雪坡。木板都是用旧木头箱子做的，不怎么好滑。”乔尼说。

“我家原来有真正的滑雪板。虽然特别特别老了，但是还能用。”丽萨回忆道。

“你们到底要……？”奥利维亚向他们喊道，但话还没说完，乔尼和丽萨就已经冲了下去。

雪白粉状的雪花轻轻滑过光滑的金属表面，两个小将顺着这个雪坡冲了下去，又靠惯性冲上了对面的山坡，虽然没有开始的时候那么高，但也差不多。他俩咧嘴笑着看看对方，随后摆正滑雪板的方向，又向山坡的另一侧滑去。在那边他们从背上解下雪鞋穿好，然后爬到更高的地方，再次冲下来。即便现在情况如此紧急，他们依然觉得这是他们人生当中最快活的时刻。

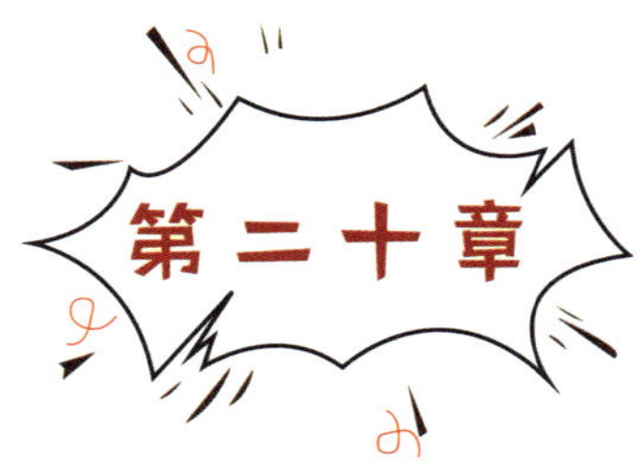

第二十章

阿里首先检查了自己的脉搏。虽然有点奇怪，但他还是要确认一下，自己确实还活着。接下来他又去摸玛丽的手腕，玛丽的脉搏又轻又快，但至少还有。阿里估计他们所在的洞穴里大概能有零上几摄氏度。厚厚的雪被维持了洞里的温度，又阻挡了外面的寒冷和大风。从洞口隐约射进来一些亮光，可凭借这一点点暗淡的光，阿里难以分清他们到底处在什么地方。他用手摸了摸墙壁，感觉有一些坚硬的弧形凸起，凸起中间是一些稍微柔软的东西。气味似乎没有最初那么令人恶心，但估计是因为他们的鼻子都已经被鼻涕堵住了。

“玛丽，醒醒。”

阿里摇了摇玛丽。

“肯定已经早上了，咱们得去找营地。”

“不要。”玛丽轻声说。

她还有意识，这是好现象。

“我们不能一直留在这儿。”

阿里又摇玛丽。

“住手！”玛丽嘶嘶地喘着气，想再把自己裹紧一点。可阿里一直摇她，她最终不得不拉住了阿里的手。

“讨厌。”玛丽说。她大概并不是认真的。

“这是什么地方？”过了一会儿，玛丽问道。

对于这个问题阿里已经思考了好一会儿，可也没想出个答案。

“肯定是个什么洞穴。”他觉得能找到这个地方简直是个奇迹。玛丽实在是太累了，不想和阿里再讨论这个问题，而是紧紧靠在他身上。

“好冷啊，好冷。”

“你肯定得了湿温症，体温降低了。”

阿里小心地攥着玛丽瘦弱的手臂，轻轻按摩她的背和肩膀，以帮助血液循环。

“你知道吗，我好嫉妒你。你之前的生活……那么有钱，生活那么容易……”阿里停下了手。

“别停。”玛丽催道。

“我们什么都没有。”阿里悄悄说。

“有的啊，你有我在全世界最想要的东西。”

“那是什么？”

“你有个兄弟。当然如果给我个姐妹我也愿意，什么人都行。”

“是啊。”阿里想起乔尼，叹了口气。他发现自己眼中已经噙满了泪水，便抬手把它们悄悄抹去。玛丽的血液重新流过已经冻僵了的四肢，她痛得小声呻吟。

“那些嘶嘶兽说这里还有低语者。”阿里为了不让玛丽睡着，努力找着话题。

“嗯。”玛丽嘟囔着。

“说它们住在森林的另一边。”

“你是不是早就知道了？”过了一会儿，阿里问道。

“没……其实……”

“其实什么？”

阿里的手停了下来。

“别停，我告诉你还不行嘛。现在也没有什么秘密非得保守不可了。低语者的村庄被烧毁了之后，我听到过它们的声音。”

“在哪儿？是他们当中有谁大喊了吗？什么样的声音？”

“别打断我。我在 51 区的时候就听到过了。这种感受很难用语言描述，就好像有人在你脑中跟你讲话一样，它们有这种特殊的能力。”

“那是男人的声音还是女人的声音？还是小孩子的？”

“都不是。可能……可能最像自己的声音吧。正因为如此这件事才很难理解，听到那个声音的时候我不知道说话的人是我自己，还是别人。”

阿里没接话，而是静静地等了一会儿。

“那，它都跟你说什么了？”终于，他忍不住问道。

“它跟我说了盒子的事，那个多出来的休眠舱，那里面有不好的东西，那东西想伤害所有人。”

“我也想过那个休眠舱的事，但是奥利维亚说……”

“不管她说什么都不要信。”玛丽心中想的话脱口而出，她从阿里身边抬起头，看上去好像比刚才精神好一些了，“她说的话我现在一句都不信。”

“可是那些低语者，它们也同样有可能说谎，是在骗你啊。”

“你不记得它们当时是怎么救你弟弟的了？”

“记得。”

“当时你觉得它们会做伤害我们的事吗？”

“没有。恰恰相反……”阿里也忽然有了不同的意见，

“当时我觉得，有什么好事就要发生了。它们是想帮助我们的，和另外的那种不一样。”

“你是说，跟嘶嘶兽不同。”

“对。”

“阿里，”玛丽抓紧了阿里的手腕，“你向我保证，我们要一起解开这一切，就像兄妹一样。我们一起把藏在盒子里的东西找出来。如果别人不帮我们，我们就去找低语者。另外……”玛丽把阿里拉近了一些，“我并不希望你是我哥哥，我……”

阿里用手捂住了玛丽的嘴。从他们上方传来了一些声音。开始是像什么东西划过一样的窸窣声，随后又有一声，接下来像撞到了什么一样“砰”的一声，然后就再没了声音。阿里爬到靠近洞口的位置，把耳朵贴在雪上，听外面的动静。就在这时，在他的头部一侧似乎有什么爆炸了，至少感觉是这样。雪一下四散开来，一个金属状的锋利的东西直接戳向阿里的额头。阿里一下跳开，远离了洞口，迷迷糊糊地四下寻找可以用来防御攻击的东西，可是想象中的攻击并没有到来。洞口处忽然射下来明亮的光，照得阿里和玛丽眼睛生疼。

“嘿——这儿有人吗？”亮光中传来乔尼的声音。

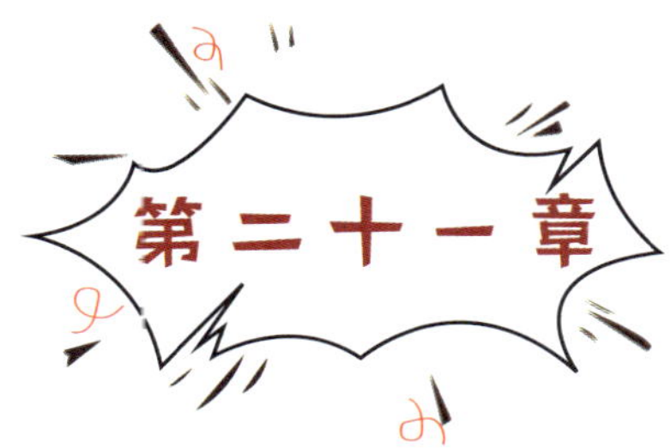

乔尼和丽萨之所以滑到这里停下来检查，其实是因为这个隆起是这片雪地里唯一还可以辨别出来的东西。另外，乔尼也还记得这是什么。

“是那头巨型野兽，那头被嘶嘶兽们绊倒然后杀掉的野兽。你们原来一直藏在它的身体里。”乔尼兴奋地解释着，“现在走近了看才发现原来它的个子这么高！或者说，它原来活着的时候这么高大！”

“也正因如此，你们现在简直臭得惊人！”丽萨捏着鼻子看着还没完全明白发生了什么的阿里和玛丽，他俩裹着乔尼和丽萨带来的救援专用保温被，正眯着眼睛盯着明亮的雪原出神。不一会儿，阿里和玛丽都穿好了用飞船外壳做成的雪鞋。

他们就像刚出壳的小鸡一样，好奇地看着周围的一切。现在一切都显得那么不一样，崭新、干净，就好像整个星球

都刚刚诞生。他们看见很远的山谷里有几个小黑点，离很远看过去，那些小黑点似乎一动不动。

“那是救援队。就凭他们的速度，等他们找到这里，估计你们已经撑不住了。”乔尼说。

“所以还是得靠我们。”丽萨咧嘴一笑。

阿里好奇地研究着他们做的滑雪板，它反射着太阳光，亮闪闪的。

“或许可以把这个滑雪板改装成一个担架，估计玛丽自己走不回去了。”

乔尼点点头，然后担心地去查看瘦弱苍白、黑眼圈严重的玛丽。还好太阳正明晃晃地照下来，照得他们暖洋洋的。这样看来，这个星球上的冬天也是天气无常。

“那咱们出发吧。”乔尼提议道。

“等一下，”阿里忽然想起来了什么似的，从连体衣里掏出平板电脑，递给乔尼，“看看这个，你能看出点什么来吗？”

乔尼把平板电脑接过来，把玩了一下，又交回到了阿里手上。

“这是从哪儿来的？”

“说来话长。”

“说嘛。”

“你看这打不开啊。”

“快说。”

阿里叹了口气，只好简要地把他弄到平板电脑的过程告诉了乔尼。之后，他干脆也讲了他们怎么发现那个跟教堂一样的洞穴，洞穴里的飞船，意外出现的嘶嘶兽，以及夜里走投无路时见到的、拯救了他们的那几点微光。

“我还是想不明白那些光是什么，是怎么来的。”阿里看向玛丽，她也摇摇头。

“会不会是天使？”丽萨说。

其他人都差点被丽萨的话逗笑了。可过了一会儿，他们发现丽萨是很认真地在说话，所以又严肃地考虑起遇到天使的可能性。

“说真的，”丽萨悄悄说，“我们根本没办法弄清楚这里到底都有什么。”

阿里回想着前天晚上看到的微弱光点，就是跟着这些光点的指引，他们才找到了这个可以避风雪的地方。但是那些光点是当时真实存在的吗？他又看着玛丽，希望从她那儿得到些帮助，但玛丽好像已经沉浸在别的世界里了。

“我们确实不知道这儿都住着什么。”阿里只好赞同丽萨的观点。

“你为什么一直都不告诉我这个？”乔尼指着平板电脑问道。

“得把这个打开。”阿里逃避乔尼的问题。

平板电脑连接在飞船上的时候启动了一会儿，但现在又完全没有反应了。

“这个好像是什么识别系统，需要有合适的指纹或者其他的东西。”丽萨猜道。

“用嘶嘶兽的指纹肯定可以。他们以前就用这个东西。说不定别的生物的指纹也能打开。”玛丽加入了他们的讨论。

“现在这时候上哪儿找嘶嘶兽去？”阿里脱口而出。

他们你看看我，我看看你。

“你们和我想的是同样的事吗？”乔尼兴奋得眼睛发光，好像已经忘了哥哥瞒着他拿到平板电脑的事。

他们几个都看到了这头巨型野兽在生前最后一刻，用巨大的角刺透了一只嘶嘶兽的情景。

“应该就在那边一点。”乔尼指着野兽前面一点的雪地。

“我们可以用雪鞋做锹挖雪。”丽萨接着说。

一小时后，他们终于找到了那只嘶嘶兽的尸体，并且把它的一只爪子挖了出来。其他人都转过身去不忍看，阿里走上前猛踢了那只爪子一脚，一个硬邦邦的手指就像冰凌一样从那只爪子上脱落下来。乔尼用救援用的发热毯将其裹起来，把毯子发热的功率开到最大，不一会儿这个手指就解冻得可以弯曲了。乔尼哆哆嗦嗦地拿起这个手指，既觉得恶心，又好像担心还在雪下埋着的嘶嘶兽的尸体会痛得从地上跳起来。他小心地把手指放在像是识别器的地方。过了好一会儿，就在他们都觉得这个办法不管用的时候，平板电脑启动了。

一串奇怪的，只由 1 和 0 组成的数字出现在了屏幕上。

“这是二进制编码。”乔尼对此似乎一点不觉得奇怪，很快地说道。要是换作平时，阿里肯定觉得乔尼这样一点工夫都不费就猜到了结果很可惜，但现在，他只想知道更多的关于平板电脑的事。

“电脑世界的语言是由 1 和 0 组成的。”发现周围三个小伙伴都在翘首看着他，乔尼解释道。

“那你能看懂这些数字吗？”玛丽颤抖着问。

乔尼皱了皱眉，又点了点头。

“嗯，我觉得应该行。但估计不会很快。”

他坐在滑雪板上，埋头专心研究平板上的数字，像是忘记了周围的一切。

“他一直就是这样。”阿里温柔地说。

玛丽则过去检查保护了他们一夜的巨兽尸体，回来时满脸都是恶心的表情。阳光照耀下其实可以稍微看出雪被下的巨兽轮廓，和昨夜暴风雪中的情景完全不同。

“那些嘶嘶兽怎么没把这具尸体一起搬走呢？”她想不明白。

“或许它们知道冬天来了。这个就是它们放在这儿的一个粮食仓库，没东西吃的时候它们就可以过来。”

“或者它们杀了这头巨兽只是图个高兴。”

“嗯，也不是不可能。”阿里耸了下肩膀，“但是你想，要是我们万一没找到这里……”

四下望去，周围再没有可以藏身的地方。要是没有这巨兽的身体，他们一定已经冻死了。

“这么想……那些嘶嘶兽反倒是救了我们。可是能因为它们不小心救了我们，就说它们比原来好一点了吗？”阿里思考着说。

“我也不知道。或许根本不能说它们是好是坏，它们就是在做嘶嘶兽该做的事吧。”

“你还行吗？”阿里问玛丽。

她点了点头。现在她的脸上已经有了一些血色。救援用的发热毯上面带有柔软可弯折的太阳能板，给这毯子提供电力和热量。

“我好像解出来了。应该是对的。”乔尼的声音中多少有些犹豫。

“上面写的是什么？”阿里问道。

“可以开始倒计时了，把国王叫醒！”

“什么？”

第二十二章

第 74 天

“把国王叫醒！”屏幕上显示着醒目的几个大字。无论我怎么擦都擦不掉。我一直在等这一刻，也害怕这一刻的到来。我还是没弄明白信息是怎么从地球上传到这里来的。但是我知道，就在这附近有个中转站，是这个项目刚开始的时候就发射过来的。他们就是靠着这个中转站和那些嘶嘶兽保持联系。但是如果光都要那么久才能到这里，那……说不定信息和我们一样是穿过虫洞过来的吧。说不定我根本不需要知道这些。

“把国王叫醒！”我估计其实国王已经醒了，现在正躺在那个盒子里，等待时机成熟。我能从脑海中看到他正平静深长地呼吸，静静地等着。

这可恨的冬天搅乱了我们所有的计划。现在已经比计划晚了许多，必须马上开始行动了……我根本不愿想如果不能按计划进行会怎样。还好那个小女孩想出了做雪鞋的办法。说不定我们还有一丝希望。

“把国王叫醒！”

要他来统治的时候确实到了。

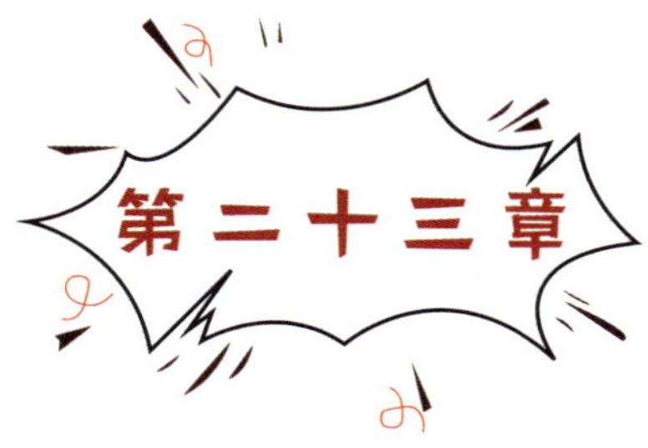

第二十三章

虽然玛丽后来慢慢地可以自己走一点路了，但他们还是用了大半天的时间才回到营地。即便有雪鞋的帮助，走在厚厚的雪层里还是很艰难。用钛合金做的雪鞋就像是没放奶酪和番茄的比萨饼，只是样子相似，用起来就能发现区别。

到达营地的时候大家都累坏了。虽然外面的优美景色让人振奋，但大家无一例外地直接走回宿舍，几乎马上就都睡着了。

阿里再次醒过来的时候发现所有人都是忙忙碌碌的。乔尼正把纤薄但非常暖和的睡袋仔细卷起来，这睡袋卷起来之后大概只有钱包那么大。斯温特莱纳正在收拾她用来采集植物样本的小工具，把它们装进箱子里。丽萨在给行李绑上带子。奥利维亚和玛丽不知去了哪儿。宿舍的房子被扯开了个大口子，冬日清冷的空气灌了进来。

“开始打包吧。他们让你多睡了一会儿，因为听说我们这次需要最充沛的精力来迎接挑战。”乔尼严肃地说，说罢咳嗽了两下。他的眼中充满了红血丝。

“这是要去哪儿？”阿里还睡眼惺忪，搞不清楚情况。

“我们得搬家了。就像候鸟一样，搬到南方去，躲开这里的冬天。或者说，就像之前看到的那些巨型野兽一样。”乔尼说，“当然候鸟搬家的时候不用像我们这样搬着两吨东西。”

“这是谁的主意？”

乔尼冲门外点了点头。

阿里爬起来，抓了抓乱糟糟的头发。门外已经堆了一些打包完毕的东西。阳光明晃晃地照下来，雪层亮得刺眼，所有人都戴上了墨镜。紫外线测量仪闪着红色的警示灯。

奥利维亚和玛丽正站在存放着武器弹药的小仓库前面。从她们的动作来看两人好像在吵架，估计是因为搬家时要带着什么东西的事情。奥利维亚双手交叉抱在胸前，看上去又气愤又傲慢。玛丽则站得离奥利维亚非常近，几乎要把自己的脸压在奥利维亚脸上，就像漫画中的人一样。若不是看到她愤怒的表情，阿里甚至觉得玛丽是想去亲奥利维亚的。阿里本来已经转身要回去收拾自己的行李了，因为他对她们吵架完全不感兴趣，但他忽然想起和玛丽在巨兽尸体里的时候，玛丽好像说了些哥哥妹妹之类的话。

“你们吵什么呢？”阿里沿着从厚厚的雪层中挖出来的窄小通路走到两人面前。雪层几乎和他一样高。

“跟你没关系，快回去打包，我们一小时后就要出发了。”奥利维亚愤怒地说，甚至没扭头看阿里一眼。玛丽则一声不吭。阿里把手插进口袋里，分别看看她们两个。

“这事现在就要说清楚。”玛丽愤怒地说。

“没什么需要解释的。”

“当然有。为什么我的枪统统不能用了？一开始只有机枪不能用，现在就连步枪也不能用了。”

“坏了呗。你也知道枪这种东西常常出问题。”

“我爸厂里生产的可不会。瓦利为这个牌子有名就是因为它的枪在任何场合都保证可以发射！我现在要去试试其他的枪，所以你让我进去！”

玛丽想把奥利维亚推开，可奥利维亚并没有避让，于是玛丽冲上去，用尽全力把奥利维亚扑倒在了狭窄的小路上，两人扭打起来。一开始，玛丽靠着愤怒之下产生的蛮力，似乎在第一击后占了上风，但奥利维亚很快反应过来，翻身把玛丽压在了地上。

“你冷静点！这么闹只会让你自己受伤，我们现在可没工夫照顾伤员。”

“阿里！你别站在那儿一动不动啊！快来帮我！”玛丽吼道。

于是阿里心神不宁地向她们走过来。

“你站住！别动！”奥利维亚一句话就让阿里定在了原地。玛丽被压在地上喘着粗气，想挣脱坐在她身上的奥利维亚，但也只是徒劳，她只是掀起了一些雪花，而那些雪花很快又落回她自己的脸上。阿里惊讶地看见玛丽的脸上竟有泪水。虽然他知道这大概只是愤怒的泪水，但他心底还是像被什么触碰了一下，在他自己都没反应过来的刹那，他迅速冲到了奥利维亚身后，抓住她的腰带，一把把她从玛丽身上拉了起来。玛丽则像闪电一样迅速地从奥利维亚身下溜出来，冲到了仓库门口，把手指按在了指纹识别锁上。可是门并没有动。

“说不定是因为天气太冷了……”玛丽嘟囔着又试了一次。

在这同时，奥利维亚把全身的力量都集中在胳膊肘上，给了阿里重重一击。阿里觉得肺都被打瘪了，像洋娃娃一样无声无息地缩到了地上。奥利维亚是经过特殊训练的战士，小孩子当然是控制不住她的。

“小心！”阿里一声惊呼，但已经太晚了。奥利维亚把玛丽丢在阿里身边，从她的口袋里掏出了手枪，指着他们。上次在洞穴里玛丽带的就是这把手枪。

“我可以向你们保证，这枪在我手里没有任何问题。”她小声威胁他们。

“你……”玛丽努力整理脑中的思绪，在这一刹那她想说的话有那么多，几乎把喉咙全部堵死了，“你改了手枪和锁的密码！”

奥利维亚并没有做任何回复，但从她的眼神里可以看出玛丽说对了。当然是她干的，不然还能有谁呢？

其实现在的情况让奥利维亚也非常惊讶紧张，她和玛丽、阿里一样绷紧了神经。一切都发生得太快了，他们三个都没来得及想清楚后果。

“我一直都怀疑是你。”玛丽悄悄说。

“你到底是哪一边的？”阿里问道。

“或者说，你在对抗谁？”玛丽也生气地跟着问。

奥利维亚没回答他们。看起来她像是在非常努力地思考着什么。甚至有那么一刻，阿里觉得她自己也不明白情况如何。

“我……”

“你知道吗，从这以后我们再也回不到以前那样了。你先是背着我们偷偷计划什么，现在又直接拿枪指着自己的队员，我们本是应该和你共度余生的人。”玛丽的语气出人意料的平静，她又找回了自信，“你想怎么办？”

“住口！谁说我要和你们共度余生的？”

阿里盯着高高在上的女人，偷偷考虑了一下突然冲上去从她手里抢走枪的可能性，但最终他还是放弃了。这时候，他似乎从眼角的一侧看到了什么动作，但是他并不敢转头，只能装作什么都没看到的样子。

“好吧。”奥利维亚像是从谁那儿听到了命令似的点点头，“只有这样了。”

然后，她转过头盯着阿里和玛丽。她的太阳镜在刚刚扭打的时候碎掉了，所以现在他们能看见她的眼睛，冷冰冰的。阿里好像觉得有那么一刹那，她的眼睛闪了一下，就像很久很久以前在家里看见妈妈的眼睛闪过一下一样——这是神经系统被改造了的表现。可是阿里并不确定，也说不定是阳光太刺眼造成的。

“我这就把你们带到睡眠舱去，对你们进行催眠。等冬天过了我再来唤醒你们。到那时候这一切就都过去了。说不定到了那时候就不需要你们了。”

“你别想了，我是不会听从你的！”玛丽的声音又惊又怒，“我坚决不进休眠舱！”

“玛丽。”阿里转过去想安抚玛丽。

“你别这样！”玛丽打断他。

“玛丽，我就是想让你冷静一下。我们还有办法。”

“你说……？”玛丽瞪圆了眼睛，“你和她是一伙的？”

阿里忽然弯腰压到玛丽头顶，伸手掐住了她的喉咙，并开始用力。

“嘿！你干吗？什么情况？”奥利维亚被这突然的举动吓了一跳。她丢下枪，向他们走近了一步，然后抬脚想踢开阿里。她理解不了发生了什么，也没时间去理解了，因为就在这一刹那她的背后传来了微弱的咳嗽声。奥利维亚就像电影里的慢镜头似的转过身去，这时站在她身后高高雪层上的乔尼把钛合金的雪鞋砸向了她的头。

阿里迅速松开掐着玛丽喉咙的手，随即从失去了意识的奥利维亚身边拿走了枪。

“谢谢你啊，好弟弟。”他对乔尼说。

“时刻准备着！”乔尼笑着咳嗽了一下，雪白的地上多了一片血迹。

第二十四章

奥利维亚躺在休眠舱里。休眠舱被搬到了仓库正中央。她被超级结实的绳子捆得一动也不能动。余下的队员就像守灵人一样在休眠舱周围围成一圈，只是现在这“尸体”是被捆起来的，而且，还活着。队员们表情严肃，面色苍白。除了乔尼之外，丽萨、敏俊，还有斯温特莱纳都有点咳嗽，呼吸的时候发出呼哧呼哧的声音，但这当然不是悲伤造成的。他们都非常愤怒。

睡眠舱里的年轻女人惊吓之中不停地眨着眼睛。玛丽的手放在还开着的舱门上，她准备把舱门锁死。阿里则双手抱在胸前站在睡眠舱的一侧，盯着奥利维亚。

“别这样。”奥利维亚说。她似乎不是在请求，反而是在命令他们：“你们不明白，你们什么都不知道。”

“那就在我们把你冻起来之前赶快告诉我们。”玛丽冷冰冰地说。

“在这儿没有我你们是活不下去的。另外，咱们得赶快打包离开这里啊，得搬家……”

“搬家不急。我们就留在这里，哪儿也不去。你之前告诉我们的都是谎话，没有你说不定我们还能活久一点。”阿里说，“要是没有别的要说的……”

玛丽抓住休眠舱的盖子。

“别！”奥利维亚的声音第一次带了些感情。现在在休眠舱里躺着的就是个普通的年轻女性，此人不想就这样睡进狭小的盒子里，怕得要命。

玛丽把盖子放了下来。

“你们想知道什么？”奥利维亚说。

“一切。”阿里向玛丽点点头。玛丽又打开了盖子，站远了一点。

“说说我妈妈，你了解她多少？”乔尼说话了。

“还有我妈。”丽萨也问道。

“我爸是怎么回事？”斯温特莱纳问道。

奥利维亚环视着这些围绕她站成一圈的严肃的孩子，像是在想她自己还有没有别的选择。但是显然她没有了。

“你们能不能……？”

玛丽摇摇头。

“你先把一切都告诉我们之后再说。”

仓库里一片死寂，只听到远处太阳能发电机传来隐约的轰鸣声。

奥利维亚闭上了眼睛，好像是在回忆。她要集中所有的注意力才能告诉他们答案。然后她开始讲述。

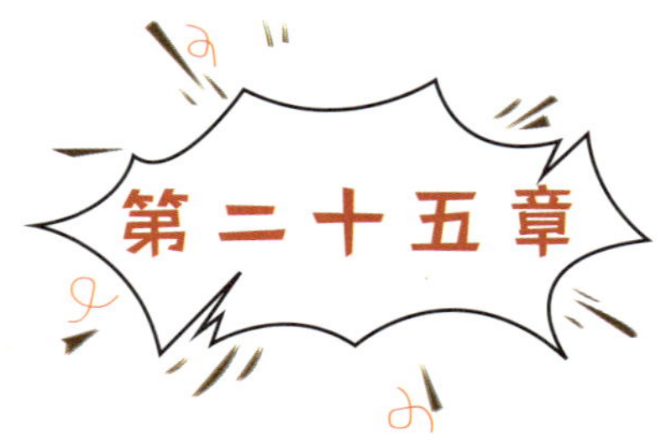

第二十五章

“一切都是从一个电脑游戏开始的。那是有史以来最厉害的游戏，也是史上研发出来的最聪明的游戏——《天蝎1最后通牒》。这个游戏里面最厉害的地方是游戏自己可以向玩家学习，不断进化。它会学习玩家的战略，以及每个玩家的优势和弱势。另外，这个游戏还把网络里的所有电脑连接成了一个整体。通过这个整体，它懂得了挪威玩家的习惯，瑞典玩家如何解决问题，美国玩家的特点，还有俄罗斯玩家的强项。玩的人越多，游戏发展得就越快，就变得越有挑战性。而当时的玩家非常非常多。”

虽然奥利维亚是用正常的，甚至有些小心翼翼的语气讲这件事，但她的声音听起来却非常响亮。

“我以前听说过这个游戏，”斯温特莱纳说，“那是在我出生之前了。”

奥利维亚依旧闭着眼睛躺在睡眠舱里，但听了斯温特莱

千年一遇的好游戏 ★★★★★

顶级玩家

让你欲罢不能！

★★★★★

游戏世界

天蝎 1

最后通牒

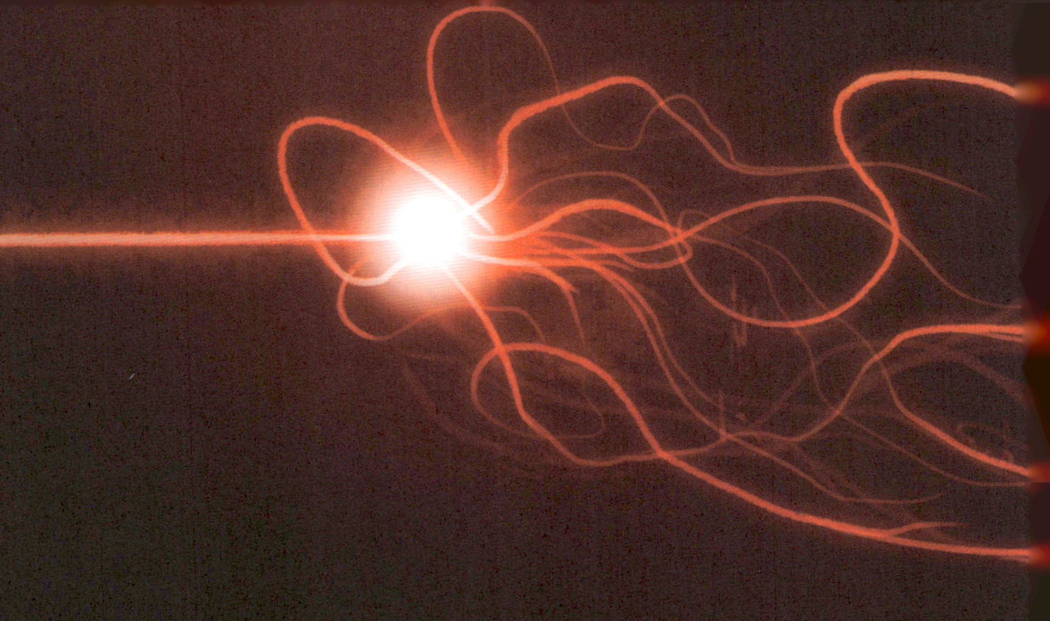

纳的话，她好像点了点头。《天蝎 1 最后通牒》确实是在他们出生之前就有的游戏。

“后来发生了让人始料不及的事。这个游戏竟然从网上逃了出去。没有人知道到底是怎么回事，是在哪儿发生的，以及是怎么发生的。有一种可能是它逃进了给孩子生产的机器玩具狗里，那种玩具狗可以联网。游戏成功渗透进了玩具狗里，然后又通过这些可爱的并且可以行走的玩具狗，完全不惹人注意地行走在人群中间，成功渗透进了更多的设备：冰箱、相机、手机、电视、游戏机，甚至防盗警报器。所有联网的东西都被这个游戏渗透了，而那时候，几乎所有的设备都是可以联网的。这个游戏就在这些设备里躲了几年。几年间设备都正常工作，而游戏则不停地收集信息，学新的东西。

“同时，游戏制作方又推出了新的、更聪明的天蝎游戏版本，而最早的天蝎当然把这些新版本化为己有。天蝎就像是一头可以不停生长的野兽，人们则一直给它投食，却没有人知道它的存在。”

“我们怎么从来没听说过这件事？”阿里不相信地问。

“这跟我妈妈有什么关系？”丽萨问。

“请你们有点耐心。不经意间就开始有了变化。开始是一些小的事故，大家都以为是正常的设备故障。比如玩具忽然着火，冰箱里的食物坏掉造成食物中毒，没有什么很特别的。但逐渐地这个游戏发出了更出格的指令。几年之间它渗透进了一切可能的地方：医院、学校……当然还有各国的军队。它开始了统治，开始为自己谋求利益，开始做一些事情。它自己有不受人类影响的一些需求。”

“你说它想要什么东西，可一个电脑游戏能想要什么呢？”乔尼问。

“能量。无穷无尽的能量。火电站，核电站，水电站，太阳能电站，所有的能量。”

队员们仔细思考着奥利维亚的话。

“但是那时候……那时候地球上发生了饥荒，原材料短缺……”斯温特莱纳用手遮住了嘴。奥利维亚格外严肃地看着他们。

“如今，天蝎大概无处不在，它不停地收集能量，以使自己变得更加强大。人类对它来说不过是能源使用上的竞争者，是小偷。它现在还需要人类来维护设备，但是随着科技的进步，人类的作用越来越小。它也开始改造人类。借助机

器人做手术的技术已经发展了很长时间，当然，这些机器人也是它控制的。我怀疑它已经开始在人类大脑中安装芯片以便控制人类，根据需求增减人类的智慧。至少我们相信这些都是在它控制下做的。当然有可能联邦也在做同样的事，甚至有可能有的公司也在开发这样的技术。现在的地球上就是人类、机器，还有半人类半机器，乱成一团。”

“是它们用芯片创造了那些神童。”阿里气愤地说。

“另外，如果有人站出来抵抗天蝎，它就会通过芯片让他们闭嘴，把他们变成自己人。这样的事恐怕就发生在了你们的父母身上。”

站在睡眠舱周围的孩子们不敢抬眼看别人。他们开始明白之前到底发生了什么，但这一切还是很复杂，他们几乎不可能理解。这一切的背后主导竟是个电脑游戏？

“这都是你编的！”玛丽说。

奥利维亚摇了摇头。

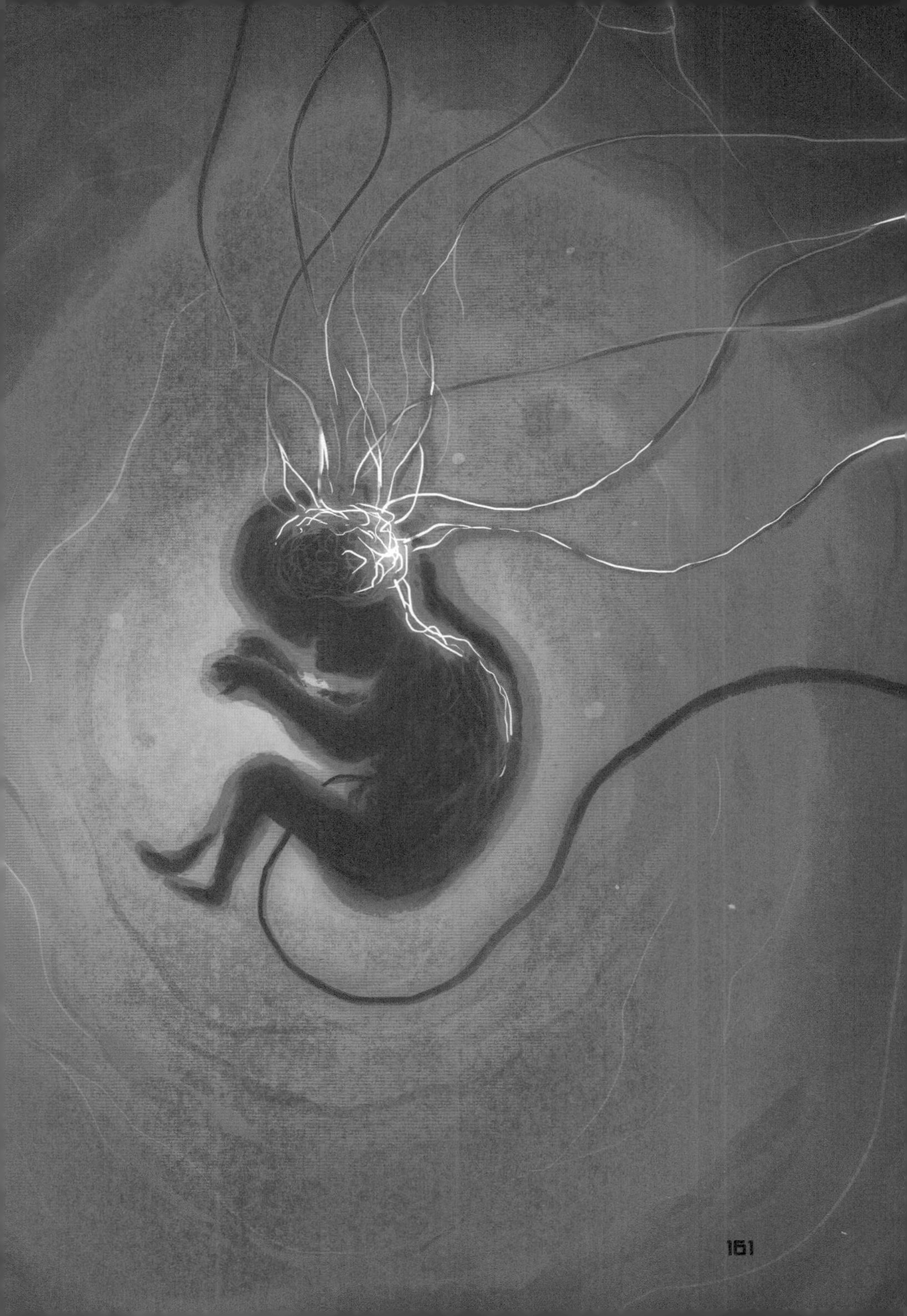

“不是。”

“那这跟我们来这个星球有什么关系？”敏俊问道。

“当地球上开始出现能源枯竭的迹象时，这个游戏就开始把注意力投向太空了。它启动了几个太空探索计划，用来寻找地球以外的能量来源。在这个阶段，这个游戏已经发展到整个地球都像是它的大脑一样。它发射了一些探测器，找到了几条新的通路，甚至学会了利用虫洞穿越时间。最终，它找到了开普勒 62 号星系。”

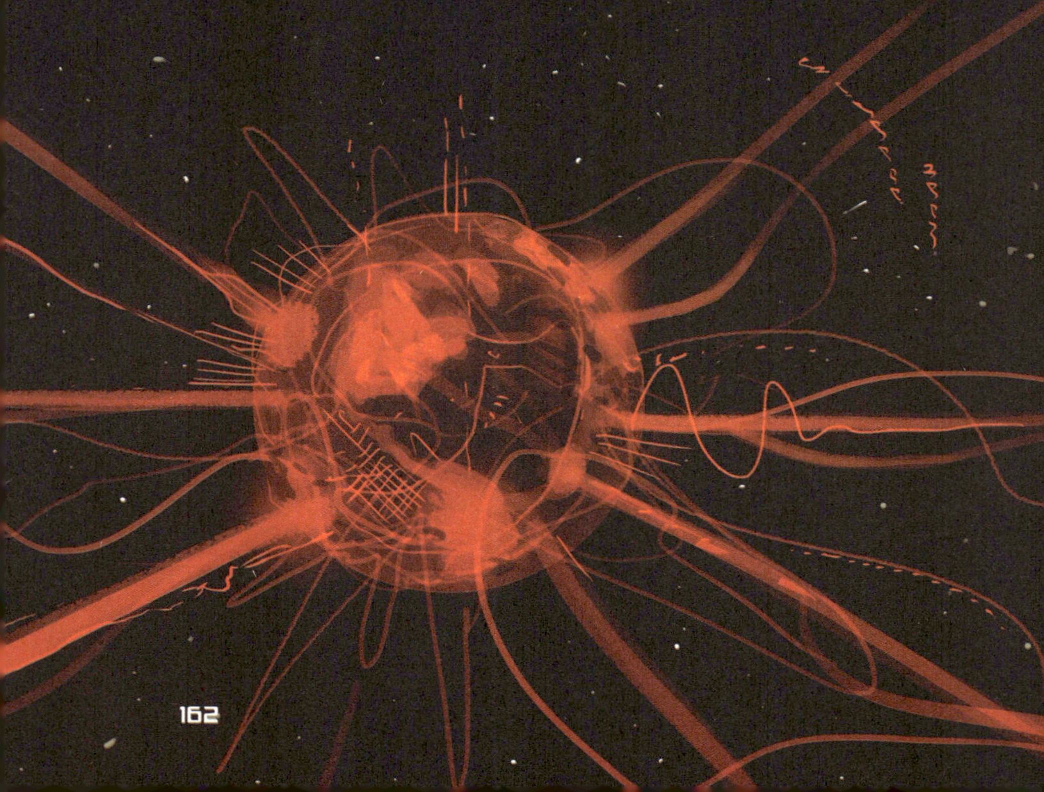

奥利维亚停顿了一会儿。她自己的心态也发生了变化，就好像是在她周围有层看不见的壳碎掉了，或者像她卸掉了一直背着的让人讨厌的重物，现在不用催她继续往下讲，她自己也想讲下去。

“玛丽，你爸爸就在这些太空探索当中看到了拯救人类的方法，或者说，拯救一小部分人类。他开发了《开普勒 62 号》游戏，用来寻找地球上最有天分的孩子，把他们，也就是你们，聚集起来，送到这里，开始新生活。只有你爸爸，伟大的瓦利为，有能力骗过天蝎。你们应该记得，《开普勒 62 号》不能联网。正因为如此，天蝎才不能渗入其中，虽然它也感受到了这个新游戏的存在，它努力寻找着，派出那些穿灰色制服的人，甚至通过植入芯片的方式把一些人变成了它的卧底，但即便如此它还是没能找到这个新游戏，因为《开普勒 62 号》是在瓦利为搭建的只供这个新游戏用的临时网络里运行的。当然，天蝎找到这个新游戏也只是时间问题，但这短短的一段时间就已经够了，你爸爸成功利用这段时间把你们送进了太空，送到了天蝎无法触及的地方。整个计划成功了，除了一个地方。”

奥利维亚的表情忽然变得很忧伤。她仔细看着站在她周围的孩子们。虽然她自己是被紧紧捆着放在休眠舱里的，她看起来却还和他们处于平等的位置一样。

“草族，低语者。”

玛丽一惊。从奥利维亚开始讲她爸爸的事起，她就完全陷入了沉思，现在才忽然回到现实世界。

“低语者根本不是威胁，它们是站在我们一边的。当时它们就警告了我有危险，就是在……”玛丽发现自己说得太多了，忽然闭嘴。奥利维亚看起来则好像根本不想知道她忍住没说的事。

“睡眠舱里的东西，是吧？”奥利维亚替玛丽补全了她没说的话，“我一直也防备着你，玛丽。它们是很危险的生物，懂得控制人心。它们想把你扳到它们那一边，这是它们的策略。它们最终会像消灭一切敌人一样消灭我们，它们懂得如何创造无穷无尽的能量，就像行走着的核电站一样。你想想，哪怕是它们当中有一个要和人类作对的话会发生什么。”

“可它们是那么热爱和平，它们不想我们发生不好的事，和那些嘶嘶兽正相反。”

“嘶嘶兽只是头脑简单。我们就是利用它们才知道了这个星球上的各种情况。即便它们对我们没有多大益处，也不会有多少坏处。”奥利维亚说。

想起在山洞中发生过的事，玛丽打了个冷战。嘶嘶兽绝对没有奥利维亚想的那么无害，或者说，它们只是想让人类觉得它们无害罢了。

“和什么人类作对？在这儿除了我们之外也没有别的人类了。”乔尼觉得有点奇怪。

"现在还没有，但是等这个星球准备好了，就会有更多的人过来。这也是伟大的瓦利为的计划的一部分。等到开普勒星球上没有低语者的时候，他就会派更多的人过来。"

"这就是我们的任务？毁灭低语者？"玛丽很愤怒。她本来就苍白的脸色现在变得和周围的雪原一样。奥利维亚无助地躺在休眠舱里，但她的目光坚定。

"就是这个。我们要彻底毁灭草族，人类才有被拯救的希望。"

奥利维亚听上去又变回了那个肩负重大任务的战士。

"可是它们那么危险，我们怎么才能摧毁它们呢？"敏俊问道，"我们用什么和它们战斗？"

"病毒。"乔尼说，"原来这根本不是意外。原来计划就是用它消灭所有的低语者。那被我传染的村庄根本不是意外，而是个测试，对吧？"

乔尼盯着奥利维亚，奥利维亚则不敢看他。

"你们，"乔尼现在转过去看斯温特莱纳、敏俊，还有丽萨，"她把你们也传染上了，就在那次野餐的可乐里。我本应该早就想到这一点，早点警告你们的。我本应该早就想到的。"

"病毒是对抗它们的唯一办法。小村庄里的低语者只不过是它们的先遣部队罢了，这个星球上的低语者还有很多，我们得把它们全部消灭，这样以后来的人才能安全，人类才得以保存。你们和我一样，都是战士。你们现在肩负着人类历史上最伟大也最艰巨的任务。你们是人类唯一的希望。”奥利维亚越说越振奋，像是在对着一大群人演讲一样。

大家都在缓慢地理解发生了什么。这里除了阿里和玛丽之外，其他人都被传染上了疾病，甚至可能会让人死亡的疾病。

“我们会死吗？”丽萨悄悄问。

“不会，我给你们准备了解药。所有低语者完全灭绝了之后就会给你们。但是我把解药藏起来了，所以你们要是不放了我，就永远不能知道解药在哪里。”

“那阿尔伯特是怎么回事？”丽萨小心翼翼地问。

“那是个意外。我得试验才能知道合适的病毒剂量是多少，能够消灭低语者并且还能用解药救活你们。阿尔伯特的反应和常人不同，他很虚弱。”奥利维亚的语气就像是在描述一个有趣的科学实验一样。

“那我呢？”乔尼问，“为什么在地球上就让我感染了这种病毒？”

“你是一切的开始。病毒需要一个能生长繁殖的地方，那就是你的身体。或许你是地球上唯一能给病毒提供生长空间，而自己还不会因此死去的孩子，至少不会很快死去。我们找你这样的孩子已经找了很久很久了。”

各种各样的思绪缠绕在孩子们的脑海里。每件事都那么复杂，让他们根本无法理解。阿里最先打破了沉默。

“如果乔尼……那就是说，我……”

“你就是我们的火炬手。”奥利维亚点点头说，“我们需要有个人能把病毒炸弹投放到需要的地方，那个人需要足够强大、健康。”

“还要足够好骗。”阿里说。

“不要觉得自己很可怜。这一切都是在你的基因里写好了的。”

“可是那个战争游戏，它控制着全世界，怎么就同意让我们逃离地球了呢？”斯温特莱纳问道。

“它以为我们的飞船是来寻找能量和低语者的。我们成功地让它相信低语者是解决能量短缺问题的出路。但是玛丽的爸爸把你们放进了飞船里，想寻求安全。玛丽，你爸爸是人类的希望，是英雄，你应该为他感到骄傲。”

“那即将来这里的人都是谁？”玛丽问。

“这个世界中的精英，从最好的人当中挑出来的最优秀的人。”奥利维亚有点逃避这个问题。

“就是说，有钱的大人。和我爸一样的人。他想在这个世界填满他的同类。”

“最初是谁开发了这个战争游戏，这个万恶之始？”乔尼小声问道。

“我爸。”玛丽说。

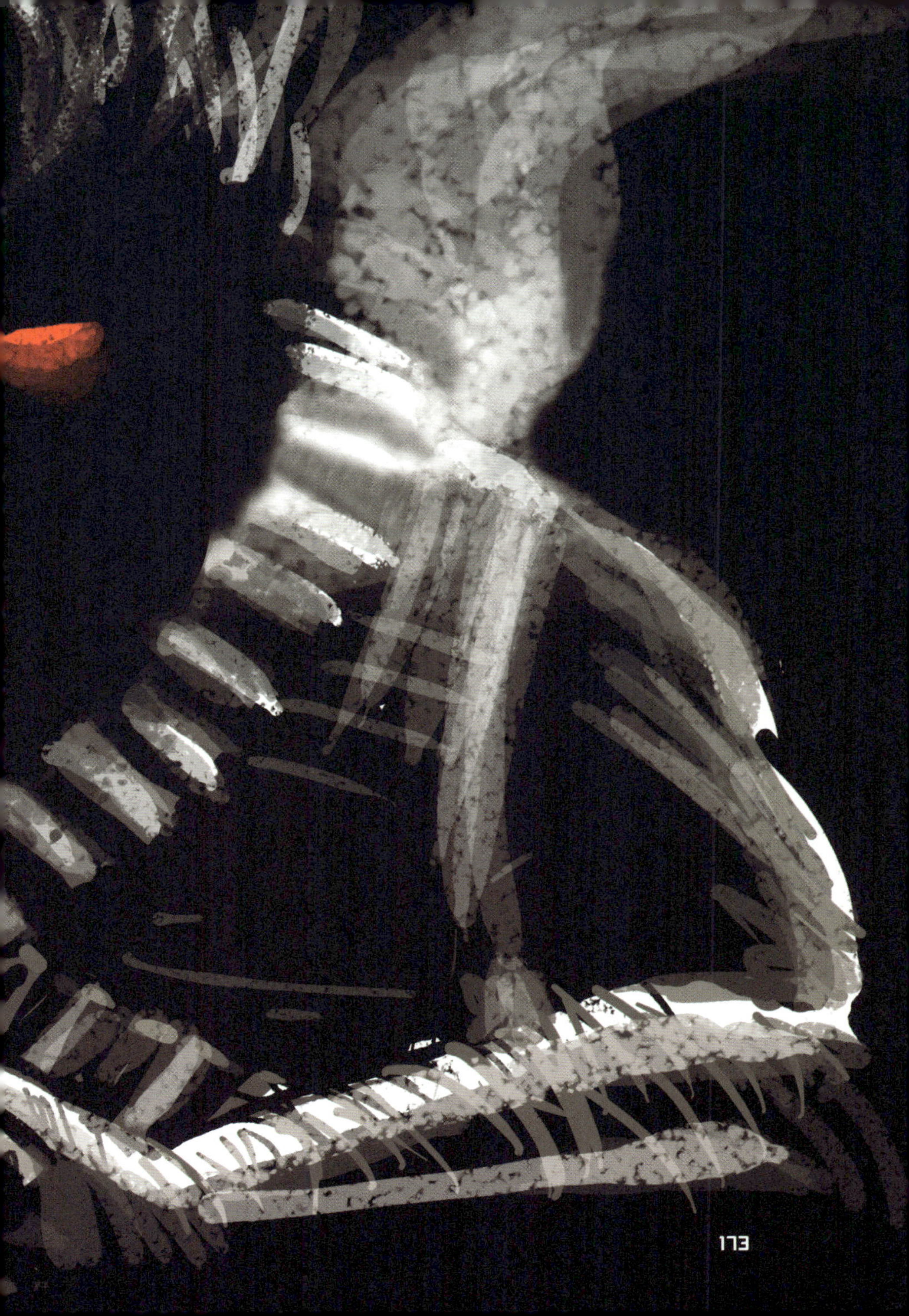

第二十六章

他们把奥利维亚从睡眠舱里抬出来，但并不给她解开绳索。他们带着她穿过长长的从雪中挖出来的走廊，走到一个特别的小仓库门前。这仓库里的东西只有奥利维亚知道。她犹豫着把手放到生物识别器上。

“我们不用……”

“快点！”玛丽自己都觉得自己的声音太大了。

绿色的灯亮起来，门“咔嚓”一声开了。阿里小心翼翼地推开门，像是怕里面会有东西逃出来，或者攻击他们似的，但是什么都没有发生。冬日的阳光照进仓库，他们看到小仓库中央有一个睡眠舱，盖子开着。

“是空的。”斯温特莱纳叹了口气。

“怎么回事？”敏俊问。

“也就是说，他已经醒了。”奥利维亚小声回答他。

“醒了……把国王叫醒。”玛丽念叨着。

他们在仓库周围寻找脚印，很快就发现了被雪鞋压出来的很深的痕迹，像是向山坡上方走去了。

阿里感到连体衣里有东西震动了一下。平板电脑又收到了一条消息。营地附近肯定有接收器。顾不上周围人的目光，阿里从衣服里掏出平板电脑和那根嘶嘶兽的手指。屏幕上满是新的数字序列：

0101011101100101001000000011011100110010101100101
01100100001000000011110010110111101110101011100100010
00000111000000110010101110010011011010110100101110011
01110011011010010110111101101110001000000011001100110
111101110010001000000011101000110100000110010100100
000011011000110000101110101011011100110001101101000
00101110001000000010100000011011000110010101100000
10111001101100101001011000001000000011000110110111101
1011100110011001101001011100100110110100100000001110
1000110100000110010100100000001100011011011110111010
101101110011101000110010001101111011101101101110001011
100010000000100100000111010101110010011100100111100
100101100000100000001010011011000110110111101110010011
10000011010010110111101101110001000000011010010111001
100100000001101000001100101011100100110010100101110

阿里转身想给乔尼看，却发现乔尼不见了。

“乔尼呢？”他问周围的人。

大家你看看我，我看看你，都是一脸茫然。阿里冲出小仓库，被明亮的阳光晃到了眼睛，有好一会儿什么都看不见。等视觉恢复了之后，他看到远处有个小黑点，正沿着山谷的雪坡疾速前进。

阳光照耀下，钛合金的滑雪板周围雪花飞扬。

“乔尼？乔尼！”

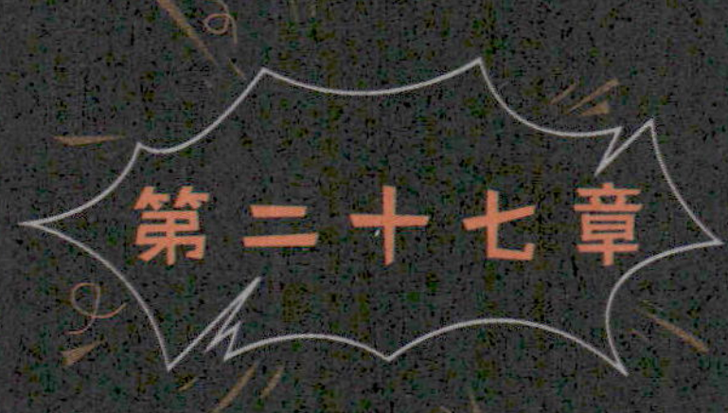

新时代第一天

最终。

国王醒了。

国王万岁！